娯楽としての炎上

藤田直哉

ポスト・トゥルース時代のミステリ

南雲堂

娯楽としての炎上 ポスト・トゥルース時代のミステリ ◉目次

[ブックデザイン]
奥定泰之

[photo]
Peangdao / Shutterstock
Sentavio / Shutterstock

はじめに――「事実」「真実」なき時代のミステリ

はじめに

本書は、現代ミステリを分析することで、ポスト・トゥルース時代の「実践倫理」を探ることを目的とした本である。

「ポスト・トゥルース post-truth」とは、二〇一六年に「今年の言葉」として、オックスフォード英語辞書が選んだ言葉である。その定義を、津田大介×日比嘉高『「ポスト真実」の時代』に掲載されている和訳から引用すると、

〝世論を形成する際に、客観的な事実よりも、むしろ感情や個人的信条へのアピールの方がより影響力があるような状況〟について言及したり表わしたりする形容詞（p14）

である。

それはインターネットを発信源として生まれ、現在では、政治的状況にまでダイレクトに影響を及ぼすようにすらなっている。それを「ポスト・トゥルース政治」と呼ぶ。トランプ大統領が当選したアメリカ大統領選が、その典型だと言われている。

当然、日本も例外ではない。

「事実が軽視され、嘘がまかり通り、地に足の付いた議論が成り立たなくなっているこの困難な現代に、どのようにして立ち向かえばよいのか」(p6)と日比は嘆いている。

この現実の政治的状況とも共有されている問いに先駆的に挑み続けてきたジャンルがある。現代日本のミステリである。

「論理」が通じない相手、「嘘」が蔓延し人が操られ疑心暗鬼になる状況、そもそも「真相」が存在しない事件、「事実」が客観的に実在しない世界……などなどを、この十年以上、ミステリは描き続けてきた。「ポスト・トゥルース」という言葉が流行する前から、作家たちは状況を言語化し結晶化してきたし、それへの対応・対抗の方法も模索してきた。

本書が論じたいのは、それらの作品である。

言ってしまえば、現代ミステリからポスト・トゥルース時代を理解し、ポスト・トゥルース時代から現代ミステリを理解する。そんな一挙両得な試みが本書である。

現代ミステリこそがポスト・トゥルースに抗する

「ポスト・トゥルース」は、普通に日常を生きている私たちにとっても、他人事ではない。それがインターネットや政治と深いかかわりを持っている以上、私たちの毎日にダイレクトに影響を及ぼしている。

日比はこう書く。

ポスト真実の時代とはいかなる時代なのか、その特徴をまとめてみよう。それは、信頼できない事実が出回る時代だ。あからさまな虚偽がまかり通るだけでなく、真偽が不確かな情報も数多く生み出され共有される。不正確な数字や、根拠のない危険性、根も葉もない原因論、不確かな経歴、憶測に満ちた陰謀論、その他さまざまな「事実」や「伝聞」がネットや口コミで流通していく。それが、一般の人たちの間だけではなく、重大な国民投票や大統領の周囲という国家の中枢的な政治の世界においてまかり通っていくとき、その状況は「ポスト真実の政治」と呼ばれる。

政治家だけでなく、一般の人々の生活においても、不確かな情報に接することが増える。不確かな情報の拡散を後押ししているのが、ソーシャルメディアである。ポスト真実の時代は、ソーシャルメディアが拡散させるデマ情報の時代でもある。フェイスブックやツイッターなどのソーシャルメディアは、情報の作り手と受け手の区別を複雑にし、同時に人々を仲間内の世界に留めおく構造をもつ。デマが作りだされ広がりやすい設計となっているのである。（p19―20）

このような状況に誰もが無縁とは言えないだろう。この状況の中で騙されたり、加害者にならないように、論理的かつ倫理的に正しく生きていくためにはどうするべきか。

そのヒントが、ミステリの中にある。

なぜミステリなのか？　それは、「論理」「犯人」「処罰」などに拘るジャンルだからである。後に述べるように、ミステリ（探偵小説）とは、「民主主義」「司法制度」を前提とした読者を期待するジャンルである。であるからこそ、時代の変化に鋭敏に反応せざるをえなかったし、先駆的な応答が蓄積する宝庫になった。

日本のミステリは、世界的に見ても高度に発展し、達成を遂げた文学ジャンルである。そのミステリが、「論理」の変容や「犯罪」の性質の変化、さらには「犯人を見つける」ことの是非までをも疑問に付す形で自己変化を遂げている。ミステリ作品を読み書きする読者・作者が生きている世界の中で、感覚・認識が変容している以上、ミステリ作品は随伴して変化していく宿命を持つ。それは商業的なエンターテイメントであるという存在の条件が要請するものでもある。そこに現代ミステリの最大の可能性がある。

ミステリが変容した大きな三つの背景。それは、情報社会、民主主義、国民国家である。それらがぐらぐら揺れているから、ミステリも存立する基盤となる様々な要素を自ら問い返し、新しい表現を生み出すに至った。作家たちが危機意識を持ち、対応しようとした結果、現代ミステリは、ポスト・トゥルース時代に、先駆的に取り組み、先覚的に抵抗するジャンルとなった。

ジャンルの根幹と骨絡みになった同時代の課題に対応するに、ジャンルが育んできた高度化と蓄積を用いたことこそが、現代ミステリが瞠目すべき領域にまで到達した理由だ。同時代や社会の課題の切迫感を共有しつつ、技術的・芸術的に高度であり、なおかつ他にないユニークな角度から切り込める。そんな特異なジャンルが、現代ミステリである。

私たちは、ポスト・トゥルース時代と戦う武器を既に持っている。ミステリ作家たちが、同時代を分析し、未来への提言までをも既に行っているのだ。

その格闘に同伴し、私たちは、学ばなければならない。何よりも、自分自身のために。このポスト・トゥルース時代に飲み込まれないために。生き延び、そして、誰かを不必要に傷つける、加害者にならないために。

「事実」も「証拠」も「論理」も必要ない世界での推理

では、ポスト・トゥルース時代のミステリとはどのようなものか。抽象的に書くよりも、具体的に作品を扱った方が伝わりやすいと思われるので、現代を代表するミステリ作家である井上真偽の作品『その可能性はすでに考えた』を例にして、実際にその内容を分析しながら、この本の狙いを記述していくことにする。

二〇一五年に発表され、ミステリファンからも高く評価された井上真偽『その可能性はすでに考えた』は、特異な構造を持った探偵小説である。

まず、推理する内容が、依頼者の渡良瀬が十年以上前に巻き込まれた事件についてである。彼女が犯行を行ったか否かが解き明かすべき内容となる。しかし、探偵の目的は異なっている。探偵の目的は、「奇蹟」が起きたと証明することである。奇蹟が起きたと証明するためには、「人知の及ぶあらゆる可能性を全て否定できれば」（p64）良い。これがルールである。

探偵は、奇蹟を証明するために、事前にあらゆる可能性を検討し、それを報告書に収めておく。そして、挑戦者が、犯行が可能であるという様々な「可能性」を提示する。その可能性を既に考えているのかどうかが対決モノとしての本作の勝敗の決め手となる。そういう小説だ。

最初の対決である、大門との戦いは、この作品の基本的なルールを良く示している。

「こちらが適当な屁理屈《へりくつ》をこねたからといって、そちらも屁理屈で対抗はできん。君の反証はれっきとした事実や証言に基づく必要がある。『やった』ことを証明するのではなく、『やっていない』ことを証明する――これは俗にいう『悪魔の証明』だぞ。（後略）」（p71）

「今回の儂は、現代法の精神には縛られてはおらん。それどころか、ローマ法以前だ。『証明は肯定する者にある、否定する者にはない』《Affirmanti incumbit probatio, non neganti.》――そんなローマ法の法諺《ほうげん》さえ通じぬ未開の法廷なのだぞここは」（p71-72）

「この勝負、向こうは可能性さえ見つけられればいいのだ。／事実を一々厳密に証明する必要はない。もちろん物理法則を無視したり、まったく根拠の欠片《かけら》も無い出鱈目《でたらめ》な「可能性」を持ち出すことは、さすがに「有り得る仮説」としては棄却されよう。しかし状況証拠にそれなりに当《あ》て嵌《は》まっており、かつ可能性として否定しきれないものであれば、老人側は好きなように「真相」を捏造できる。そんなこじつけ上等、亀毛兎角《きもうとかく》を並べ立てる三百代言《大法螺吹き》を相手に、真っ向勝負を挑まなければならないのが今回の自分たちの立場なのだ」（p76-77）

「実際のところ、この圧倒的不利なルール下で有効な戦術はこれしかない。揚げ足取り。相手の言動を逆手《さかて》にその論理の不備を突くのだ。／相手は無数の可能性を盾にいくらでも言い逃れできるのだから、事実の真偽で追い詰めることはまず困難。ならば相手の言質《げんち》を取りつつ、相手自身が認めた事実で論駁《ろんばく》するのがここでの最善手――。」（p85-86）

様々な可能性を事前に総当り的に考えている、ＡＩのような超人的な頭脳が、探偵である。

それに対し、「可能性さえあればいい」ようなでっちあげを行ってくるチャレンジャーたちの無数の仮説が戦いを挑む。形成は明らかに探偵の不利、「悪魔の証明」のようなものだからである。しかし、敢えてそれを引き受けるのが凄みになっている（実際に作中に総当りの全てが記述されているわけではないが）。「でっちあげ」「因縁」のような無数の仮説に対し、証拠や証言を根拠に反証をしていく構図になっている。この構図がインターネット上の様々なデマや炎上の事件にそっくりである。

主役級の登場人物の一人は、この対決においては、「事実」や「論理」ではなく、「心理」を満足させれば十分であるという原理を、探偵に対抗する形で提示している。これは、この作品がどんな状況を想定して書かれているのかを、明瞭に示している。

「問題は、このお嬢さんがどう感じるかね。これは刑事裁判ではないね。喩《たと》えるならカウンセリング――依頼人が納得する答えを出せれば、それでめでたく終了ね。逆に言えば、依頼人が納得しさえすれば、八卦《はっけ》だろうと風水だろうと外枠は何でも構わないはず」（p66）

論理や事実ではなく、心理的満足や納得の原理の方が重視され、それで良いとなりかけている世界――情動政治が蔓延する状況とは、人々が、論理や事実よりも、心理のロジックを優先するようになるときのことだ――を前提とし、そのシニシズムに主要登場人物の一人すら犯されている状況において、それでも探偵は「論理」「証明」に拘る反動的な人間である。この探偵は、近代的な司法制度や警察組織に頼ることもできない。

本文の中で繰り返し引用し確認することになるが、探偵小説は、民主主義と司法制度の確立と強く結びついたジャンルであるとするハワード・ヘイクラフトの説がある。ヘイクラフトは『娯楽としての殺人』第十五章「独裁者、民主主義と探偵」でこのように言っている。

探偵小説は本質的に民主的な慣習の産物であり、また今までずっとそうでありつづけてきたのだ。ただ民主制の下でのみ大規模に生みだされてきたのだ。娯楽という輝かしい上衣をきて、立憲国家の住民を他の不幸なひとびとから区別する貴重な権利と特権を描きだしてきたのだ。／オックスフォードの故E・M・ロングは、有名な格言のなかで書いている。「大衆が証拠というものを成りたたせる考え方を持つまでは、探偵たちは栄えない」探偵が捜査をするということと証拠という考えとは、密接に結びついている。〔……〕すべての民主制の遺産のうちで、全世界で自由な民衆によってなによりもかたく守りとおされてきたのは、公平な裁判の権利である――つまり、だれも納得できる証明なくして罪に問われることはなく、それは、だれもが知っている正当な論理的な規則によって保障されている、という信仰である。(p351)

言い換えるなら、論理や証拠に基づいて、犯人を特定する（そして犯行を止めたり、処罰する）ことを欲望する人々が多くなったことが、探偵小説の誕生と深く結びついているということである。「探偵小説」を、「本格ミステリ」と言い換えてもいいかもしれない。

しかしながら、これまで見てきた井上真偽の作品から分かる通り、現在の日本で注目を集めているミステリ作品は、近代的な司法制度を前提としてできていない。むしろ、魔女狩り的なリンチの論理が蔓延《はびこ》る世界を前提とし、ミステリというものを改めて立ち上げ直そうとしているように思われる。

ここから、現代日本ミステリの奇妙な特質が見えてくる。日本のミステリは、特に「新本格」以降は、長らく、「社会」と直接的かつ強い結びつきを志向してきたわけではなかった。「社会派」である松本清張が規範となったことへの反撥もあり、ポストモダンや豊かな時代の反映か、本格ミステリは遊戯的で人工的な作品であることこそを強い特徴としてきた。「遊戯的」で「人工的」、すなわち、この社会や現実や人間が「描けていない」「荒唐無稽」な作品であると批難されることも多かった「新本格」こそが「社会性」を持っているのだとする見方を提示するには、たとえば笠井潔の『探偵小説論Ⅱ』のようなロジックが必要であった。

これらの新人作家は社会派に対する批判において、徹底化すれば文学的な肉質を欠いたパズル小説にまで骨化しかねない「英米風論理小説」の復権を掲げると同時に、そのような本格志向において否定された変格趣味を、横溝正史風にいうなら草双紙趣味のよ

うなものをも、同時に復活させようとしたのである。(p15)

二〇世紀的な必然性である人間存在の抽象化および機能化と、過剰なバロック的装飾趣味は、対立するように見えて実際には相互補完的である。空虚な人間の空虚な作品が、真空が大気を吸引するように美的象徴や迷宮のようなオカルト科学や、オカルト科学に無限接近してしまう現代科学の断片的知見で自己充填をはかろうとする。(p16)

ここで論じられている、新本格の「パズル」性と「変格趣味」(草双紙、オカルト趣味)について、前者に話を絞る。ここで笠井が「パズル」や「空虚」を擁護するために持ち出しているロジックを私なりに非常に単純化して言うならば、「既に人間も世界も空虚なパズルのようになっている」というリアリティを表現するためにこそ、直接的に「社会派」であることを回避したパズル的な作風が必要だった、ということになる。一見、社会や人間を描いていないように見える「新本格」が、時代精神や、人間や社会の変容を表現しようとしていると論じるためには、このような「逆説」が必要となった(そして、私は、八〇年代に生まれ、九〇年代、ゼロ年代に青春を送った者として、このリアリティに「実感」レベルで賛同する)。

しかしながら、私が、現代ミステリが、社会や政治と結びつくと言うために用いるロジックは、このような逆説ではない。もっと身も蓋もない理由である。
それは、「論理」にも「事実」にも「真相」にも興味や関心を持たない人が増えた、ということに拠る。そのような人々が増えることは、たとえばファシズムや情動政治やフェイクニュースを用いたデマが蔓延しやすい社会の状況を生み出していく。……単なる「パズル」や「遊戯」であったかもしれない、「本格ミステリ」が、社会や政治と結びつくのはここにおいてである。それは、趣味の問題として、「論理」「事実」と、「正しく犯人を当てる」ことを重視してきたジャンルであったかもしれない。今は、その趣味の問題が、同時に政治的抵抗になってしまう。「論理」「事実」を重視し、真相や真犯人を知りたいという欲望が存在しているということだけで、抵抗になってしまう。

それはミステリが変化したという内在的な理由だけでなく、ミステリを取り巻く社会が変化したという外在的な理由に拠る。現代ミステリは、そのジャンルの魅力の核心部分を維持するために、好むと好まざるとに関わらず、自身を取り巻くコンテクストの変化に応答しなくてはならなくなった。自身のジャンルそれ自体が持っている社会的・政治的意義や機能について内省し、「作品を提示する」という形で世界にアプローチをしていかざるをえなくなってしまった。それが、私が記述しようとしている「現代ミステリ」の状況である。

従って、私が興味を持ち、特権的に重要な作品として論じる価値があると看做し、この本で論じる作品は、外在的な状況から内在的な問題（ジャンルの本質）を問い直し、組み換え、同時に、内在的な問題から外在的な状況にアプローチをするような作品に限られる。そのような強い緊張関係の中で自身すら問い返しながら何かを提示していく作品に、もっとも美的・倫理的な価値を認める、ということである。

「実践倫理」という論点

本書は「実践倫理」という論点を全面に出す。これに、ミステリ評論らしくないという印象を抱く読者もいるかもしれない。

確かに、新本格以降のミステリはロジックに基づき、自律した論理空間における、パズルやゲームに近いものとして考えられてきた。「実践倫理」という主題は、実際の社会とは切り離されたゲームとしてのミステリに対しては確かに似合わない。

だが、現代日本のミステリを見渡して、新しい重要な特徴と見るべきなのは「実践倫理」である。人工的で自律的な空間でのパズルやゲームとしての完成度を誇るよりも、読者の現実世界で感じるモラル・ジレンマを思わせるものを作中に導入し、読者に「我が事」のように感じさせる作風を選ぶ書き手が増えているのである。

当たり前だが、犯人を見つける、被害者を助ける、という物語構造は、読者の倫理的な欲望を前提として成立している。ミステリの持っているその基本的な欲望の原初的な力に立ち戻ることで、現代日本のミステリは、ポスト・トゥルースに抗しようとしている。

この変化を図式的に表すとすると、おそらくこういうことになる。「人工的で閉じた遊戯空間」は、「ポストモダン」や「後期クイーン問題」に関係する。それは原理的な問題の領域である。しかし、八〇年代前後の豊かな社会を前提とした遊戯・観念・原理が結びついた作風は求心力を失う。ポスト・トゥルースとは、ポストモダンが大衆化・世俗化した状態であり、その状態はもはや理論でも原理でも観念でもないからだ。そのネガティヴさを日々実践で体感している私たちにとって、それは「遊戯」ではない。そのように感じられるようになっていく。

原理的問題ではなく、実践的問題としての関心を、ミステリの書き手と読み手が強くしてきたのが、ポスト・トゥルース時代の以前と以後の大きな違いである。

現代ミステリ——社会や政治に有効に「なってしまった」ジャンル

二〇一六年に刊行された続編『聖女の毒杯　その可能性はすでに考えた』でも、この作品における「推理」の特異な構造について明示している箇所がある。巨大な権力を持つ人間が、

「犯人」だと思った人物に恣意的に処罰を加えられるという架空の状況を設定した上で（私の理解では、これはフェイクニュースなどが跋扈するインターネット上などでの私的制裁のメタファーとして読みうる設定である）このような説明が登場人物の独白の形で現れる。「何よりこれは、犯罪の証明ではないのだ。／疑わしきは拷ず――。／少しでも疑いの残る余地があるなら、その被疑者は拷問にかけられる、ということである」。「中世の『魔女裁判』。政敵や抵抗勢力に難癖《なんくせ》をつけて拷問台送りにするのは、この女の常套《じようとう》手段である」「嫌疑から逃れるためには、被疑者はどうにかして完全な身の潔白を証明せねばならない」（p156）。

　現代の人民裁判たる炎上を模していると思われる「架空法廷」を本作も用いている。その空間が、警察や司法のロジックとは異なる空間であることも的確に認識されている。

「だがいやらしいのはこの場合、その証明手段自体が被疑者の生死に直接関わってくることだ。／これが警察の捜査なら他に検査方法はいくらでもあろうが、シェンという怪物が支配するこの魔境においては、そんな俗世の常識は罷《まか》り通らぬ」（p175）。

　ある嫌疑を掛けられ、それを否定するためには、疑われたものの生命が必要である。すなわち、疑いを掛けられたら、それが事実ではなくても、疑いを掛けられた側が損失を蒙るような場である。ミステリにおける「死」は文字通りの死と考えるべきではなく、「損失」「被害」のメタファーであると考えて良いのだとすると、これは疑いを掛けられた側があるコストやダメージを負担しながら何かを証明しなければならないという、魔女裁判的な炎上の状況に等しい。その空間は、「警察の捜査」ではないという明確な峻別が宣言されている。捜査主体は警察ではなく、捜査をする主体は、責任を負う必然性のある主体ではなく、間違いだとしてダメージを与えても殺してしまっても全く良心の呵責はないし、面白ければいいだけの主体として描かれている。そのような「審判」が支配する空間の中における「ミステリ」が、本作である。

このような状況で「論理的」であろうとする「探偵」は、一体どのような動機の人間なのだろうか。先んじて答えを言えば、その動機の根源は、決して論理的なものではない。あらゆる可能性を検討しつくすのは、その事件が人間の手によっては不可能な「奇蹟」であると証明するためである。また、「奇蹟」の証明に固執する理由は、生育暦と家族への愛着とも関係している。

「ずっと昔、まだ探偵が幼い頃、数々の『奇蹟』を起こして生きながら聖女候補となった彼の母親は、このカヴァリエーレ（引用者註、敵役）の一存で認定を取り消された。そのため『奇蹟の聖女』は一夜にして『稀代のペテン師』に貶められ、世間の誹謗中傷に晒された彼の母親は表舞台から姿を消す——そんな母親の名誉回復のため、探偵はカヴァリエーリとの賭け、つまりは『奇蹟の証明』に躍起になっているのだ」（p187）

「名誉回復」のため、「世間の誹謗中傷」と戦うため、という動機だけを抜き出せば、それがフェイクニュースやデマが跋扈する現代を念頭に置いて書かれていると読みうることは理解できるのではないだろうか（このような「悪」と戦うことが現代ミステリの重要な主題となっているということは、「サイバーミステリ」を論じている第Ⅱ章で改めて詳述する）。

そして、探偵の非合理な合理性への志向、徹底した論理への信仰の有様も、とても興味深い。それは、作中での探偵の扱いから分かる通り、私的なオブセッションであり、偏執や偏愛に過ぎないものである。

そしてそのことが、現代ミステリの置かれている状況の自己言及であるように私には思われる。根拠や正当性はないが、とにかく論理的なものに固執し偏愛する人々が、本人はそうと意識することなく、社会や正義に役立つ存在となってしまう。

井上真偽の二作は、現代日本のミステリそのものの自己言及なのである。

作品そのものは「実践倫理」の答えを直接的には提示していないが、あらゆる可能性を検討することや、非合理や虚偽などとの絡まりあいの提示、「審判・処罰」するシステムそれ自体の恣意性を曝け出すという物語の在り方それ自体が、実践倫理を示している。本格ミステリの「論理」「謎解き」に固執する「面白さ」の追究と、実践倫理が重なるのは、この世界における私たちが置かれている状況を理解するための「モデル」の提示を通じてという側面も大きい。

実際、どんなに緻密に論理的に可能性を潰しても、『その可能性はすでに考えた』の探偵は、「真実」「事実」を取り逃している。

そこから翻って、この作品の主題に別種の解釈を行うこともできる。「真実」「事実」を原理的に実際に取り逃してしまう宿命の中に生きるしかない実践の世界の中に生きているぼくらは、それでもどのように論理的・倫理的な判断を下していくことができるのか。『その可能性はすでに考えた』は、作品それ自体としてはその答えを出していない。しかし、現実以上に徹底した論理に貫かれた空間における天才的な探偵によっても「真実に到達できない」ことを通じて、読者を突き放してくる。「お前が生きている現実は、もっとダメではないか」と。「では、どう生きるのか」は、無言の「問い」として読者に挑戦してくるのだ。その「問い」を掛けるところに倫理性があると言っても過言ではない。

実践倫理とは、絶えざる問いと自己反省により自己更新していくものでなければ、倫理ではありえない。その始まりに必要なのは「意識化」である。ぼくらの生の危機的な条件を意識化させることそのものが、倫理なのだ。

「真理」を捏造しても良いという規範のミステリ

もう少し、本格ミステリ論における本書の位置づけのために必要な補助線を引いておこう。誰もが認める本格ミステリの第一人者である法月綸太郎が、円居挽『烏丸ルヴォワール』

（二〇一一、文庫版二〇一三）の解説に書いていることを引く。

二〇〇〇年代の後半から一〇年代の初めにかけて、本格ミステリ界では「謎とその論理的解決」というジャンルの定式を土台から問い直すような試みが目についた。具体的に言うと、「推理の真実性という問題を後景に退《しりぞ》けつつ、純粋に推理そのものの面白さだけを競うゲーム空間を構築」（諸岡卓真《もろおかたくま》「創造する推理」／『日本探偵小説を読む』北海道大学出版会、に所収）しようという試みである。そうした傾向を象徴する作品として、米澤穂信《よねざわほのぶ》『インシテミル』（二〇〇七）、円居挽《まどいばん》『丸太町ルヴォワール』（二〇〇九）、城平京《しろだいらきょう》『虚構推理——鋼人七瀬』（二〇一一）の三作を挙げることができる。

この三作に共通するのは、いずれも特殊なルールに基づいた広義のディベート小説であり、事件の真相を明らかにすることと、ロジカルな問題解決の目標がイコールではないということだ。もちろん、「机上の論理」の構築に特化して、事件の真相を刺身のツマのように扱う作例が過去になかったわけではないけれど、謎解き／ディベートの行われる環境そのものが真相の如何《いかん》と関わりなく成立するように、あらかじめシステム設計された小説が目立ってきたのは、ここ数年のことだろう。（p496–497）

本書が対象とするのも、このようなミステリの新しい傾向である。法月の言う、「取るに足らない真実を語るより、派手なパフォーマンスとロジカルで美しい仮説を繰り出した側が優位に立つ」（p498）「ディベートの場はインターネット上の匿名掲示板で、そこに集う不特定多数のギャラリーをいかに説得するかが、物語の焦点になる。真実からかけ離れた仮説のスクラップ&ビルドによって擬似的な『真相』を捏造《ねつぞう》し、多数派の合意を形成して『本当に起こったこと』を書き換えてしまうのが、問題解決の目標とされている」（p499）ようなタイプのミステリを、現代の現実の社会で生じている「ポスト・トゥルース」と呼ばれる状況と結びつけて理解しようというのが、本書の立場である。

これが現代日本のミステリの状況である。そしてそれが、現代日本のみならず、世界的に進行している言説・メディア・政治・感性・認識のポスト・トゥルースの状況と骨絡みになっている。

このポスト・トゥルースの状況の中で、私たちはどう生きるべきなのか？

その答えは、ミステリの中にある。

I 現代ミステリ＝架空政府文学論

一　前提──ネット社会と現実世界の二重政府状態

探偵小説は本質的に民主的な慣習の産物である──『娯楽としての殺人』

ミステリを語る上で欠かせない重要な理論的な見解を提出したアメリカの評論家ハワード・ヘイクラフトは、一九四一年という、第二次世界大戦にアメリカが参戦したまさにその年に、ミステリ論『娯楽としての殺人　探偵小説・成長とその時代』を刊行した。第二次世界大戦へのアメリカの参戦は一九四一年一二月で、言うまでもなく、大日本帝国・ドイツ・イタリアの枢軸国を敵としているものである。「ファシズム」とまとめて名指される傾向をもった枢軸国との緊張関係を、ヘイクラフトは強く意識しながら探偵小説を論じている。

序章はこのように書き出される──

ナチ空軍《ルフト・ヴァッフェ》の大編隊が、気ちがいじみた狂暴な手をロンドン上空でふるいはじめた

一九四〇年の晩夏のことだ。彼らの驚嘆の的となった、人間の勇気と抵抗の不滅の叙事詩がはじまったのである。(Ⅳ)

ここだけ読めば、探偵小説の話などではなく、イギリスの「抵抗」を高らかに謳いあげる詩ではないかと思わざるをえないだろう。このエピソードは、こう続く。空襲を受けながら、イギリス人たちは、仮設の図書館(『空襲』図書館)を作り、そこでは探偵小説だけが貸し出されているというのだ。それを根拠に、ヘイクラフトはこう言う。「この形式の文学が現代文明人のあいだに占めている重要な地位を、理由はともかく、これほど明らかに証明した印象的な実例はあまりないだろう」(Ⅶ)。

探偵小説は、その「形式」に重要性があると述べている。では、その形式とは如何なるものか。この文脈において重要なのは、第十五章「独裁者、民主主義と探偵」である。そこで、ヘイクラフトは探偵小説の成立条件として、民主主義と司法制度の確立を挙げている。長くなるが、重要な箇所なので、再度引用する。

探偵小説は本質的に民主的な慣習の産物であり、また今までずっとそうでありつづけてきたのだ。ただ民主制の下でのみ大規模に生みだされてきたのだ。娯楽という輝かしい上衣をきて、立憲国家の住民を他の不幸なひとびとから区別する貴重な権利と特権を描きだしてきたのだ。

オックスフォードの故Ｅ・Ｍ・ロングは、有名な格言のなかで書いている。「大衆が証拠というものを成りたたせる考え方を持つまでは、探偵たちは栄えない」探偵が捜査をするということと証拠という考えとは、密接に結びついている。（……）すべての民主制の遺産のうちで、全世界で自由な民衆によってなによりもかたく守りとおされてきたのは、公平な裁判の権利である――つまり、だれも納得できる証明なくして罪に問われることはなく、それは、だれもが知っている正当な論理的な規則によって保障されている、という信仰である。だから、探偵という職業は直接的に、民主主義は証拠を要求しまた精査するという事実にその存在を負っているのだ。民主主義は、手もとに都合よくいた最初の犠牲者ではなく、実際の犯罪者を罰しようとする。この状態がいきわたっているのは、目ざめた土地の市民たちが、フェア・プレイと公平な裁判を当然な権利として期待し要求するからだけではない。この方法が、力より同意でおさめる政府にとっては、犯罪を適切におさえ取り締まる唯一の方法だからだ。それゆえに探偵推理が、それゆえに探偵が――それゆえに探偵小説が、あるのである。（p351）

「探偵小説は本質的に民主的な慣習の産物」であり、「公平な裁判」を求める考え方が行き届いているという条件が必要であり、裁判は「正当な論理的な規則」に基づき「証拠」を必要とするものであるとヘイクラフトは述べている。この引用箇所にはないが、自由に思考し発言する「素人」の反権威主義的な態度もまた民主主義と探偵小説の重要な条件であるとヘイクラフトは考えている。

この論の根拠のひとつは、「全体主義イタリー」や「ナチ党」が、探偵小説を禁止したという事実である。ヘイクラフトは触れていないが、日本でも探偵小説は同様の扱いを受けている。少し脱線するが、簡単に触れる。

江戸川乱歩の『探偵小説四十年』を繙くと、第二次世界大戦中に探偵小説がどのような扱いを受けていたのかの事情が窺える。昭和十四年に「警視庁検閲課」により乱歩の『芋虫』が「公式に発売を禁ぜられ」(p38)た。「表面上の発禁は僅かに右の一篇のみであったが、実際上は、私の旧作は殆んど全部抹殺されなければならぬ運命に立ち至った」(p39)。「新潮社の私の選書続刊中、しばしば内務省より出版社を通じて、旧作品の改定を命ぜられ、同じ部分について再三訂正を強いられ」(p43)た。

これが起こった理由を、乱歩は、内閣の方針と、出版社の「忖度」の両方に求めている。「昭和十五年七月、第二次近衛内閣成立、日独伊三国同盟締結、大政翼賛会組織、七七禁令の発表と、世は新体制一色に塗りつぶされ(……)何らか新体制色のある読み物でなければ掲載しないという風潮となる」(p38-39)。「私のものは、各出版社がその筋の意向をおもんぱかって、重版を遠慮する傾向が見える」(p47)。

ある特定のジャンルを狙い撃ちし、発禁し、検閲し、萎縮させる行為は実際に行われていた。そのジャンルのひとつに探偵小説が入っていたことは、間違いないようだ。

「ファシズム」の国が探偵小説を禁止するのは、探偵小説が読者に及ぼす何らかの効果を危惧してのことであろう、と推測される。では、その効果とはどのようなものか。ファシズム国家にとって都合の悪い、民主主義と自由主義の考えが輸入されてしまうからではないか。

ヘイクラフトは、アメリカと、ドイツと、イタリアとを比較しながらこのように言う。

> 至上の英知と神聖な権利とを誇るお手もりの寡頭政治によって「正義」がまかなわれているようなところでは、正確さと相手にたいする公正さをともなった組織的な犯罪調査は、ほとんど必要ともされないし、その機会ないのは明らかなことだ。(……)イタリアやドイツのように、独裁政府が輸入探偵小説を読ませないようにするのも、よくわかる。なぜなら、明らかに、理性の修練とそれほど切っても切れない探偵小説という文学形式が、プロパガンダを無批判に受けいれさせなければやっていけないような略奪的な覇権主義《ヘゲモニー》によって、歓迎されるわけがないからだ。総統原則《フューラー》と論理的な思考とは、ただただ水と油のように相いれないものだ!(p316-317)

ファシズム国家では、独裁もしくは寡頭政治により、「正義」が勝手に決められているので、国民は論理的な思考や公正さに対する希求を持たなくなる傾向がある。それに対し、民主主義かつ自由主義の社会は、論理的な思考や公正さを希求し、政府に対して批判的かつ自由な言論を行うことも辞さない。独裁政府にとって、論理的かつ自由な思考は、都合が悪いものである。ヘイクラフトはそう語っている。

同様の見解は、野崎六助が、日本推理作家協会賞を受賞した評論『北米探偵小説論』で語っている。「探偵小説はデモクラシーの圧倒的顕現をそれ自体において証左することができたのだ」「だれにでもできる殺人、だれにもできる探偵という『平等世界』を書いて、最終的にはだれにでも書ける探偵小説という側面すら強調された」(p351-352)。そして、日本と比較しながら、探偵小説というジャンルそれ自体のプロパガンダ性を指摘することも忘れない。「対ファシズムの戦いのために、探偵小説が探偵小説であることによってそのまま滅私奉公できる、という状況がここには可能となっていた。戦時体制が探偵小説の撲滅を前提としていた敵国日本に抗して、アメリカの探偵作家たちは『書きたいように書いて』戦意高揚に貢献することができた」(p351)

両者は基本的に近いことを言っている。探偵小説は本質的に民主的な慣習の産物である。逆に言えば、探偵小説が流行し読まれていることが、その国や文化圏が民主的で理性的で公平を志向することを示す。一方で差もあり、探偵小説もまたプロパガンダの側面を持っていたことへの批判的意識の有無は、大きな差である。

探偵小説の形式と内容は、ファシズム国家とは異なる、民主主義や自由主義の価値が国民（＝読者）に根付いていることを測る指標のようなものだとヘイクラフトは考えている。

私は、このヘイクラフトの考えを受けて、次のような仮説を本書全体を貫く理論的な枠組みとして用いようと思っている。

探偵小説の形式が、近代の「民主主義」や「自由主義」の基盤となる考えが多くの人々に染み渡っていることの反映である（あるいは、それを構築するものである）とすると、探偵小説の内容や形式の変容は、その国や社会の「民主主義」なり「自由主義」なりの変容と密接な関係を持っているのではないか。

私はこの仮説を、現代日本のミステリに適応させてみたいと思っている。

もちろん、ヘイクラフト説には欠陥がいくつもあるし、日本の探偵小説の歴史には当てはまらないという批判もある。たとえば、日本の探偵小説の起源を、一九二三年の江戸川乱歩「二銭銅貨」に置くとすると、そもそも民主主義なり市民社会と探偵小説が結びついているという論は成立しにくくなる。盗まれた金を巡るこの作品は、日々「頭のよさについての競争」をしている二人の「多少知識的な青年」が行う「下らぬいたずら」の話だからである。ここに民主主義や市民社会を直接的に見出すのは難しい。むしろ、遊戯性やゲーム性に満ちたパズルとして「二銭銅貨」はある。戦前においてこのような探偵小説が流行していた事実を説明するには、ヘイクラフト説だけでは不十分であることは否めない。さらには、ヘイクラフトの論もまたプロパガンダであるという重要な批判もある。

とはいえ、これらの欠点を認めた上でなお、ヘイクラフトの議論は、現代日本のミステリを理解するための参照軸として大いに役に立つ、と考えている。ヘイクラフトは第十六章「探偵小説の未来」において、探偵小説の未来に待ち構えている危険を二つ提示している。その一つは「内部からの枯渇」であり、もう一つは「これほど密接にある特定の生き方と法律の一面に結びつき、同時にまったく娯楽を目的とする文学形式は、これが書かれている現在ひろく世界をおおっている騒乱と力の外界の悲劇(大戦)にとくに左右されざるをえないということである」(p321)。娯楽の要素の強かったジャンルが、政治的な情勢の影響を受けて変容しつつあるという点に関しては、現代日本と、ヘイクラフトが論述の対象としている時代には、類比的な関係を見てもいいのではないかと思うのだ。

現在を「戦前」と考える向きもある。一九二〇年代や三〇年代と近い状況にあるのではないかという認識を示す人々も多い。それは本当なのかどうか。近いとすれば、何が似ていて、何が違うのか。ヘイクラフト説と現代日本のミステリを照らし合わせると、状況の一端が見えてくるかもしれない。両者が両者を照らし合うようにして、現状とその未来との新たなパースペクティヴを描き出すのが、本書の目的である。

「娯楽としての炎上」――ウェブ上の民主主義は機能しない

現代の日本が民主主義の危機の状態にあるという見解を、よく聞く。私自身も、それに賛同する。この場合の「危機」とは、近代の民主主義を支えてきた価値観が、多くの国民から失われてきているということを指す。たとえば公平さへの志向や、虚偽への怒り、論理性への希求などが明らかに後退しているように思われる。曖昧で情緒的で内面的な言動が流行し（それはあたかも、日本浪曼派を思わせる）人に影響を与える時代。「事実」や「証拠」や「現実」が軽視され、妄想的に構築される「フェイクニュース」やデマがあたかも現実や真実であるかのように信じられ猛威を振るう時代。

そのような時代の状況に対し、「ファシズム」の懸念を抱いていることは、隠すつもりもない。ただし、「安倍ファシズム」のような属人的な原因に帰結させることには反対である。様々な無数の理由により、国民一人一人の感性・認識・価値観が少しずつ変動していった結果として起こっている状態として、現状を認識した方がよい。

ヘイクラフトはこのように言っている。「つまり、だれも納得できる証明なくして罪に問われることはなく、それは、だれもが知っている正当な論理的な規則によって保障されている、という信仰である。だから、探偵という職業は直接的に、民主主義は証拠を要求しまた精査するという事実にその存在を負っているのだ。民主主義は、手もとに都合よくいた最初の犠牲者ではなく、実際の犯罪者を罰しようとする」。これが民主主義の社会であり、探偵小説が成立するための条件であるとするのなら、現代日本は既にその条件、すなわち「信仰」を維持できない社会になっている、と判断せざるをえない。

この問題を読者の大多数を占める一般大衆が顕著に感じざるをえなくなってしまう出来事として、インターネットの世界で起こる「炎上」がある。

「炎上」とは何か。田中辰雄と山口真一による定量的な研究である『ネット炎上の研究』からその定義を借りるなら、「ある人物や企業が発信した内容や行った行為について、ソーシャルメディアに批判的なコメントが殺到する現象」(p5)のことである。これは詳しく知らない人間にとっては大したことのないように感じられるかもしれないが、「炎上はただ誹謗中傷が集中するという心理的被害だけではない。時には、企業の株価や収益の減少、商品の廃棄処分等、金銭的な被害が出ることもある」(p6)。

心理的被害は、時に精神疾患や自殺につながる。精神疾患を生めば実質的にそれは傷害であり、自殺に追い込めば実質的に殺人である。直接的に身体的な暴力ではない形の新しい暴力が蔓延っているのが現状だ。金銭的な被害も、たとえば会社が倒産すれば路頭に迷ったり自殺したりする人が出る。甘く考えていいことではない。毀損された名誉は回復されず、流されたデマはネット上を流通し続ける。

実際、私はデマによる炎上を経験し、民事裁判を三度提起し、匿名掲示板などの開示も行ったことがある。その経験から言わせてもらえば、「単なるコメントの殺到」「見なければいい」と軽く見るのは実態に即していない。炎上で悪ノリしデマを信じた人々が仕事先や自宅に様々な嫌がらせを行い、弁護士や仕事仲間に動いてもらう必要が出たり、仕事が中止されるなど、職業生活上での死活問題が生じたし、実際に身辺の危険も感じた。「身辺の危険」を感じるのは、被害妄想的な要素も含まれていたのも否定しないが、ネットの炎上では往々にして悪ノリした人間が「現実世界における襲撃」を行う傾向があるし、実際に逮捕例もある。「突撃」して警察に囲まれている人をネット上でもリアルでも実際に見たことがある以上、それが起きないと楽観視はできなかった。

このような「炎上」が起こる時代は、「フェイクニュース」が蔓延る時代と共通性を持っているだろう。「事実」や「公正さ」が無視されるようになり、「論理」とは別の法則をもった何かが人々の信念や世界観を構成していくようになるという共通の背景があると考えられるからだ。

「炎上」は、現代日本における「私刑」に相当する。

「人々が思い思いに炎上対象者を特定し、インターネット上に個人情報をさらし、社会的制裁を行うのは、私刑と相違ない」（p9）と、『ネット炎上の研究』にも書いてある。「インターネットは道徳の過剰や監視の過剰等の過剰性を持っており、それがこのような私刑の蔓延をもたらしている」し、「それによって情報発信の萎縮が行われている」とも言う。

ただし、「炎上」は、マイナスの価値だけを持つわけではない。もしそれが仮に理想通りのものであれば、不正を正したり、政府や企業などの力を持った存在を糾す力となる場合もある。「ハクティヴィズム」などの言葉で、そのような社会運動的な力が称揚されることもある。『ネット炎上の研究』でも、「炎上は心理的負担の増加や金銭的被害を出している一方で、社会の秩序や美徳を保つことにつながっている例もあり、必ずしも社会的厚生にマイナスとは限らないことがわかった」(p9)とも述べられている。

「炎上」とは、ネット時代に生じた、その位置づけがいまだに不安定な現象である。恥を晒すようだが、実際に私は、その理想を信じてハクティヴィズム集団を称揚したことや一員になったこともあったし、後にその集団が過ちと加害に転じていると判断した後に批判したこともある。結果的に加害になってしまった行為にお墨付きを与えることで勢いを増やしてしまったという点で、間接的な加害をしてしまったことを深く悔いることもある。「正義」だと信じて感情的に誰かを叩いたり批判したりしたこともあるし、その際に「快感」「自尊心の高揚」を味わったことも一度ではない。と同時に、理不尽な炎上の被害を受けて苦しむ人々の顔も見たことがあり、罪の意識を抱き強く反省させられたということも、正直に言っておく。

自分自身も炎上の被害に遭ってもいるので、私自身は非常にアンビバレントな思いを「炎上」に対しては抱いている。それは正義を実現する側面もあるが、単なる暴力に堕することもある、危ういものだ。

ミステリ論としてここで確認するべきなのは、現代の日本で起こっている「炎上」と、ヘイクラフトが述べた、探偵小説が成立する社会との関係がねじれの状態にあるということであろう。このねじれは、先述のアンビバレントと深く結びついたものである。

まず「公平な裁判の権利」「だれも納得できる証明なくして罪に問われることはなく、それは、だれもが知っている正当な論理的な規則によって保障されている」という点は、失われている。裁判としての手続きや、近代法の理念を抜きにした私刑であり、魔女裁判であるのだから。ここにおいて、「炎上」は、ヘイクラフトの言う近代的な民主主義とは相容れない。だが、次の箇所ではどうか。

「自由にものを考え、行ない、批判するアマチュアの強調が、まさに前述の探偵小説にたいするドイツの反感のいちばん強い点だったということは、奇妙にも暗示的だといえる」（p318）

「もしその気になれば、正義と権力は不可分なりと断ずる種類の心と――そのふたつには何の関係もありはしないと宣言する自由な心とのあいだの広大な深淵」（p319）

自由に考え、発言し、批判する素人――その力を、インターネットがエンパワーしたことは確かだ。ヘイクラフトは、そのような人々の自由な発言が、民主主義を維持する条件だと考えていたようである。インターネットが発達し始めた頃に様々なところで夢見られていたのもそのような討議空間だった。「言論の自由市場」が「民主主義」と手を携えて進む――

ヘイクラフトはそのようなパラダイムを前提としている。しかし、現在の民主主義と言論空間との関係は、そのような理想的なあり方をしていない。民主主義の危機の一端はここにある。情報環境が多くの人々に自由な発言を許した結果、むしろフェイクニュースやデマやヘイトスピーチなどが横行し、民主主義が成立するための基本的な条件がぐらついているのが現状なのだ。何故そうなったのかの議論は、ここではひとまず置く。ここで確認するべきなのは、ヘイクラフトが論じていた時点と、現在との、「民主主義」と「(表現の)自由」との関係の捻れである。自由な発言を戦わせればファシズムを防げるという楽観の立場には現在は立つことができない。

『ネット炎上の研究』が炎上の問題点として指摘しているのも、ここに関わる。「人々は、炎上に代表される『荒れ』を嫌い、社会への情報発信から撤退していると解釈することができる。自由と民主主義の社会においては、人々が多くの意見交換し、合意形成をしていくことが肝要である。それが損なわれるのは社会的コストであり、炎上の問題点はここにある」(p79)

「ウェブの民主主義は機能する Democracy on the web works」とは、グーグルが掲げている標語だが、現状を見るに、少なくとも旧来の形での民主主義がウェブによって、同じような価値観のまま機能し続けていくとは考えられなくなっていると言わざるをえない。

人民裁判としての「炎上」

「だれも納得できる証明なくして罪に問われることはなく、それは、だれもが知っている正当な論理的な規則によって保障されている、という信仰」を人々が持つから、「民主主義は証拠を要求し、また精査するという事実によって、探偵という職業も存在しうる」。

しかし、現状を見るならば、その「信仰」は、崩れつつあると言わざるをえない。人民裁判、あるいは架空法廷としての炎上では、証明も、論理も、規則も、証拠の精査も公正さもないからだ。間違った裁きをしたとしても責任を取る主体もないし、取らせる力も存在していない。

「信仰」が失われていれば、「探偵」という職業の存立根拠も怪しくなり、読者の欲望や世界観の前提が変化することにより、探偵小説＝ミステリの前提がぐらついてくる。

具体例は、ネットでいくらでも発見することができる。

たとえば、ある画像投稿系の炎上を例にとってみよう。あるアルバイト店員が冷蔵庫の中に入った写真をSNSにアップロードしたことにより、炎上が起こった。不潔であったり不法な行為なので、彼は叩かれ、店舗は倒産した。

「USJ迷惑行為事件」はじめ、他の様々なケースでも大量の抗議のメール、ファックス、電話などにより、企業や学校を機能不全にさせ、結果として職場や学校を辞めさせられたりする。東日本大震災後などに「不謹慎」の名の下に多くの「炎上」が起こったが、民間人が、民間人相互を監視し、制裁を加え、検閲を行うような事態が起きている。そこには法律上の根拠などはない。警察や司法ではない主体が実質的に裁いているのである。

もちろん、それが正当に見えるときもある。法の目を掻い潜っている悪や、制裁の手段のない卑劣な存在を罰するためには必要であったり、有用であったりもするだろう。しかしながら、時にはこの制裁それ自体が誤った暴力になってしまうときがある。たとえば「スマイリーキクチ事件」がそれだ。

芸能人のスマイリーキクチ氏が女子高生コンクリート詰め殺人事件犯人であるというデマが拡散し、本人、事務所、警察らが否定したにも関わらず、中傷や脅迫が一〇年以上にわたって続いた事件である。二〇〇八年から二〇〇九年にかけて十八人が検挙されたが、直接謝罪する者はいなかったという。

この場合は、正義心に基づいた制裁を行おうとしたものであるとしても、そもそもが虚偽に基づいた制裁なので、制裁それ自体が不当な暴力であるということになる。法整備の不備などから、現在はネットの不特定多数からの攻撃に遭う側が一方的に不利で、誤った制裁に加担した人間が責任を問われることは少ない（検挙された十八人よりも遥かに多くの人数が、デマと中傷、私的制裁に加担し、責任を問われることも取ることもなく野放しになっている）。

炎上が、人民裁判や魔女裁判と等しいと言えるのは、このような「裁く側」が恣意的であり、無責任であるという要素によってである。ここには、証明も、論理も、規則も、証拠の精査も公正さもない。

現代日本のネット社会は、加速度的に「炎上」という魔女裁判の蔓延る言説空間となっている。「炎上」における制裁は、言説に留まらず、家族や会社などに対する物理的な危害としても行われる。

この「私的制裁」において、証拠や論理は重視されないか、あるいは軽視される。情報操作や恣意的なまとめにより、公平ではない処罰が行われる。人々は、証拠に基づいて事実を論理的に吟味するよりも、情動に左右され、気持ちよくなるためにこそ裁こうとしているように見える。フロイトがファシズムが苛烈化する時期に、ドイツの隣のオーストリアで継承を鳴らしていたように、「正義」とは、それ自体暴力的なものであり、サディズムが形を変えたものであるという側面がある。

「正しい」存在として自己愛を高め、一方的に暴力を行使しいたぶる事ができ、大勢と連帯感を味わうこともでき、そして報復のリスクも危険も少なく、間違いだったとしても責任を問われることも少ないのだとすると、「快楽原則」からしてそのような気持ちのいい行為を行う人間が増えるのは当然なのだろう。残念ながら、現状を観察していると、そのように感じて実行している主体が大勢この社会にはいるのだと考えざるをえない。

近代法は、私的制裁の権利を相互に法に預けるものであった。それが、権力者や圧政の暴虐の歴史から勝ち取られた「法の支配」という原則である。

しかし、現在は、民衆が民衆それ自体に私的制裁を行うことで、この「法の支配」を破壊しつつある。もはや、部分的には、近代法の理念が失効している社会が成立してしまっていると言えるかもしれない。

ジャーナリストのジョン・ロンソンは、英語圏での炎上を扱った著作『ルポ　ネットリンチで人生を壊された人たち』の中で、テッド・ポーというテキサス州の元判事に取材している。テッド・ポーは、「公開羞恥刑」すなわち、公の場で羞恥心を伴う行為を刑罰として課する珍しい判事である。たとえば、飲酒運転を起こした旨を書いたプラカードをぶら下げて学校やバーを定期的に巡る、などの刑が実際に下されている。

このような人を晒し者にする刑をいまだに行っている判事すら、ネット上の炎上については否定的に言及している。

「現代の司法制度に問題がないとは言いません。問題はたくさんあるでしょう」ポーはそう言った。／「ただ、そこには少なくとも一定の規則というものがあります。被疑者にも基本的人権が与えられている、そのことが重要です。正式な裁判を受ける権利も保証されている。ところが、インターネット上で被疑者になると、人権をすべて奪われて

しまう。当然、結果はより悪いものになります。世界中の人々から、時間の制限なく責められ続けることになる」(p164)

炎上などの「私的制裁」では罪に問われるか問われないかは、見つかるか見つからないかという確率の問題であり、刑罰の量は「どれだけ怒らせたか」「どれだけニュースサイトなどが煽ったか」で決まる。制裁の限度もない。一体何で制裁を加えられるかも明文化されておらず、結果、何をしたら、どの程度制裁を受けるのかが全く分からない不安と恐怖の中で人々は生きることになる。疑心暗鬼と恐怖心と相互監視社会の息苦しさがどんどん増していく。

「法」であれば、明文化されているので、何をしていいのか、何をしたらいけないのかは、ある程度明確だ。しかし、「炎上」の場合は、空気や流れ次第というところがあり、何が悪くてどのぐらい罰せられるのかも分からない。だから、「空気」を読んだり、「忖度」をするような主体が育っていく。おそらく、日本的ファシズムととても相性のよい主体だろう。

「証拠」や「事実」や「論理」に価値を置く人々がなんらかの理由で減っている状況。それが現代である。第二次世界大戦以前のように、詩情や情緒や快感原則こそが、それらよりも高い価値を持つと、人々が無意識のうちに感じ方・認識の仕方を変えているのが現状である。「炎上」という名の私的制裁の横行は、その認識の変化に随伴する。そして私的制裁が横行するということは、ヘイクラフトの考えに従うならば、民主主義に問題が起こっているということである。

では、具体的に何が起こっているのだろうか。

「われわれ」が、政府ではなく、ネットに変わる

ヘイクラフトは、犯罪小説と探偵小説への読者の興味の持ち方に関し、このように言っている。読者の共感が犯罪者側にあるような犯罪小説や悪漢小説と、法と秩序の側にある探偵小説の違いは、「政府」に「人気」があるのかの差だと。政府が嫌われていれば反逆者や無頼が愛されるが、「民主主義の文学」では彼らは「著明に減少した」と。

その二つの差異を、ヘイクラフトは「われわれの政府」という言葉を使い表現する。「われわれの政府」だと感じる、すなわち、人民が主権である民主主義国家であるからこそ、法律の側に共感があり、探偵小説が人気になると考えているのだ。その箇所を引用する。

「(引用者註、探偵小説と悪漢小説とは) われわれと彼らの政府の基本的な反対点の表現である——つまり同意による政府と、権力による政府との差異である。われわれの政府であるならば、われわれの共感はわれわれがつくった法律の側にある。彼らの政府であるならば、

われわれの同情は本能的に、彼らが射おとす孤独な悪漢（「神の恵みなかりせば私も罪を犯したろう」）のほうにそそがれる。暴君制は反逆者を育てるだけではない。その結果たる無頼の文学の卵もかえらせる」（p353）

　このヘイクラフトの議論を、真に受けてみる必要がある。

現代ミステリは、架空の法廷による人民裁判を描くものが多い。そして同時に現在は、警察小説のブームでもある。片方は政府や司法への不信により、別種の「探偵」「法廷」「審判」を（ネット社会の「炎上」のメタファーとして考えられる）部分社会に成立させる。警察小説は、むしろヘイクラフトのいう探偵小説に近く、現在存在している政府と警察・司法に対する基本的な信頼や共感をベースにしたものであろう。この分裂、二重構造こそが、現代のミステリと民主主義の関係を考察する上で、重要なポイントとなる。

　先んじて結論を言うならば、現代のミステリの一部に顕著に見られる作風は、政府による警察・司法に「われわれ」意識を持つのではなく、「炎上」に代表される人民裁判に「われわれ」意識を持つ人々が増大している状況に呼応して書かれている。「炎上」のような人民裁判による捜査・裁判・制裁が行われる状況は、一国の中に別の司法制度が無許可に出現した状態に等しい。

　この状態を捉えるに、少し飛躍した発想であるのは承知で、実際の「日本政府」と、インターネット上に発生し別種の価値観やルールで動いている「架空政府」が二重の状態で存在している、という見方をしてみたいと思う。

この考え方は、ゲームデザイナーであった芝村裕吏が発表した「電脳国防小説」であるSF小説『この空のまもり』中で描かれた「架空政府」に着想を得ている。インターネットやネット右翼などに詳しい彼が描く、「現実政府の対応に不満を持つネット民」が「架空政府を設立」する状況は、政府や「マスコミ」などを信用せず、別種の共同性と力を自覚し、マスメディアや企業や個人に権力を発揮してきた「ネット民」たちの精神性を象徴している。

元々、ジョン・ペリー・バーロウが一九九六年に「サイバースペース独立宣言」を発するなど、インターネットは、既存の政府や国家から独立した自治体のように考えられる向きが、初期のインターネットにはあった。それら、サイバースペースの中にフロンティアを見出そうとする思想を、「カリフォルニア・イデオロギー」と呼ぶ。

九〇年代には日本にもこの思想の影響を受けた人々が多かったが、二〇一〇年代以降には徐々に少なくなっている印象を受ける。インターネットを現実と切り離された新天地や楽園のように考える楽観主義が、実際の現実に打ち消されていったからである。『この空のまもり』が描いているのは、カリフォルニア・イデオロギーの影響を受けた独立国家や架空政府をネット上に作れるというビジョンと、愛国心・排外主義・正義心などに満ちたネット右翼的な心情とを混ぜたものである。

これはSF小説であり、当然、現実を直接描いているものではない。だが、私たちが今巻き込まれている現実を理解するためのモデル、あるいは補助線として、この「架空政府」という考え方は有用ではないかと思われる。

『僧正殺人事件』やハードボイルド小説の「私刑」との違い

しかし、探偵小説はむしろ「私刑」の側に属するのではないか、という意見もあるだろう。確かに、たとえば、一九二九年に発表されたヴァン・ダインの『僧正殺人事件』でも探偵は犯人に私刑を行う。この例は比較の対照として興味深い。

『僧正殺人事件』は、探偵が、法で裁けない可能性が高い真犯人に対して私刑じみた「殺人」(作中の言葉)を行う。法を超えた「正義」の実行が描かれ、その是非を読者に突きつけ、不安にさせる効果がこの作品には確かにある。だが、それは現代の炎上で起きている「私刑」とは明らかに異なっている。

『僧正殺人事件』の場合は、「私刑」をやむをえなく行う論理的・倫理的な理由を、探偵は刑事や検察官たちに説明する努力をしているし、読者にも伝えようと紙幅を多く割いている。「最善の努力を尽くす」「可能な限りの手続きを行おうとする」という探偵の努力と、それを言語化し読者をも説得しようとするオープンネスが『僧正殺人事件』にはある。しかし、

「炎上」で実行される「私刑」はそのような手続き踏んでいないし、それが「正義」であり「やむをえないこと」であることを説得しようとする努力もなされていない傾向がある。そもそも必要なことと思っていないのだ。「炎上」で行われる私刑は、匿名で行われるので、『僧正殺人事件』における探偵のヴァンスのように、説明責任を負った主体でもない。

あるいは、ハードボイルド小説の場合はどうだろうか。確かに一部の作品では、探偵が「私刑」を行使する。しかし、ハードボイルド小説の場合は、価値の根拠を失った状態における倫理的な行動がジャンルとしての主題に組みこまれている。内田隆三『探偵小説の社会学』やステファーノ・ターニ『やぶれさる探偵』の知見を参照すれば、ハードボイルド小説には価値の根底が失われた状態における実存主義的な課題が担わされていた。ハメットやチャンドラーの作品の登場人物たちは、根拠がないにも関わらず、倫理的であろうとするし、内省するし、センチメントにもなる。作品は全体として、「私刑」それ自体への内省に満ちたものになっている。

だが、現代の「炎上」を行う人々に、そのような実存主義的な、価値や正義、倫理の基礎なき世界において人はどのように行動して生きていくべきかというセンチメントな内省があるとは思えない。むしろ、自分が信じている価値観を絶対視し、その価値観に抵触し不快感を起こすものに対する自動的な反応として「炎上」が起きているように見える。倫理や正義の根拠がないにも関わらず倫理や正義を実行するにはどうしたら良いのかという、ハードボイルド小説の世界観・倫理観は「炎上」にはない。もっと自堕落に安定した価値判断の地盤に居直っているのが、炎上で「私刑」を行う主体ではないか。それはハードボイルド小説のヒーロー、もしくはアンチ・ヒーローたちのように、あくまで個人でその問いを引き受ける存在とは大きく異なっている。匿名の集団性の中で、その問いを引き受けることを回避する無責任な集団であるというのは大きな差だ。

少年犯罪、流出事件、裁判員制度──「われわれ」意識の変容

ヘイクラフトの言う、「われわれ」意識の問題に、話を移そう。ネット上で「架空政府」による「人民裁判」が跋扈するようになる状況の背景では、実際の日本政府と、その司法制度への信頼の低下が起こっていた。そしてそれがネットと結びつき、「政府」と「架空政府」の二重化、「われわれ」意識、共感の意識の変動に寄与していった。

顕著な出来事のみ記す。

一九九七年、神戸連続児童殺傷事件が起こった。「酒鬼薔薇事件」とも言われる。当時十四歳の少年が起こし、二人が死亡した事件に対して、加害者が少年法により守られすぎているという世論が喚起された。日本のミステリその問題意識に呼応し、少年犯罪を主題にした

作品が多く発表されている（貴志祐介『青の炎』、東野圭吾『さまよう刃』、湊かなえ『告白』など）。

少年法第六十一条には「氏名、年齢、職業、住居、容ぼう等によりその者が当該事件の本人であることを推知することができるような記事又は写真を新聞紙その他の出版物に掲載してはならない」とあるが、この法を破るような形で一九九七年、新潮社の『FOCUS』が顔写真を掲載。以後、ネットに流通し続ける。

少年法で守られている加害者の、氏名、顔写真、住所などがネットで流通するというのは、それ以後、様々な事件で続く。少年法に対する不信と、私刑への欲求が非常にネット上で高まっていたからだ（コンクリート詰め殺人事件の犯人であるにも関わらず少年法で守られているというデマで炎上したスマイリーキクチ事件は、このような流れの中で起こった）。

法を破りながらも「正義」を行う人間への喝采と、私刑への欲求は、日本のインターネットでの顕著な特徴である。ヘイクラフトは、政府が共感されていない場合に人気を得る存在として「善意の犯罪者ロビン・フッド」を例に出したが、少年法を破り顔写真や住所などを流出させる人間が現実でも「英雄視」された。日本のネット用語では「神」である。同様に、二〇一〇年の「尖閣諸島中国漁船衝突映像流出事件」でも、政府の中国漁船船長への対応に疑問を持った者が、国家公務員法に違反してまで海上保安庁の映像をYouTubeに流出させて英雄視された。日本ではないが、二〇一三年にCIAやNSAの情報を暴露し告発したエドワード・スノーデンも、法を破ってリークしている。彼らが、ロビン・フッドや鼠小僧のように、「法は破っているけどいいことをしている義賊」としてイメージ・表現されるのか、あるいは「テロリスト・犯罪者」としてイメージされるのかは、視点と立場にも拠るし、人々の政府などに対する共感のありように左右される。

日本政府側も、この世論の乖離（「われわれ」意識や共感の衰退）に手をこまねいていたわけではない。少年法は、世論の影響を受け、二〇〇〇年に法改正が行われた。一九九九年から二〇〇一年にかけては国民が裁判に参加する裁判員制度が検討され、二〇〇四年に国会で成立した。裁判員制度について、裁判所のホームページにあるQ＆Aでは、このように説明されている。「一言でいうと、裁判の進め方やその内容に国民の視点、感覚が反映されていくことになる結果、裁判全体に対する国民の理解が深まり、司法が、**より身近なものとして信頼も一層高まることが期待されています**」(http://www.saibanin.courts.go.jp/qa/c1_2.html 二〇一七年、一一月十二日取得、強調引用者)。「身近」「信頼」などの言葉は、「われわれ」のものとして国民の共感が離れつつあった司法が、その感覚を取り戻そうとする意図が裁判員制度にはあったことを示している。

現代ミステリ＝架空政府文学

国家・警察・司法への「われわれ」意識が低下し、法に違反してでも別種の正義を達成しようとする人々の集まる「架空政府」がネットの中に出現している。そこに「架空法廷」が作られ、捜査・裁判・懲罰を行う状況にある。しかし、その「架空法廷」も時には現実の国家の刑事・民事裁判の対象になる場合もある。国家は、民主主義社会であるので、「われわれ」意識を持ってもらう必要があるので、この「架空法廷」を簡単には否定することや圧殺することもできないので、力関係としては危うい綱引きの状態にある。そして、人々の共感（「われわれ」意識）は、架空法廷と現実の法廷の間で揺れ動いている。これが、現代における、司法とそれを支える政府の二重状態という言葉で私が現そうとしている状況である。

このような状況において、同時代の課題を、ミステリの作品構造や存在意義のレベルにまで遡って問い直し、作品に反映させる試みをしている作品が、とりわけ重要な意義を持つ。そのような作品を、ここでは**「現代ミステリ＝架空政府文学」**と名づける。このネーミングはヘイクラフトの論が「探偵小説＝市民文学論」と呼ばれることに対応させている。

幸か不幸か、現代日本のミステリは、資本主義における自由競争の中で読まれていく娯楽作品なので、民主主義が変化しているのなら、ミステリの内容も変化せざるをえないという性質を持っている。だからこそ、現代ミステリが、民主主義の変化に対する明敏な反応を行うことができる。「炎上」や「人民裁判」の有様を捉え、ミステリの構造としてそれに対応しようとする「現代ミステリ＝架空政府文学」の試みは、ミステリ論的な興味のみならず、作家達がそれを通じて行うことになった社会分析・社会批評への興味にも応えるだろう。そして、作品を通じて提示される同時代と未来への提言の可能性の中心を読み取り私たちがそれを生きるための助けにしたいという希望にも応えてくれるものになるはずだ。

二　実作

論よりも証拠よりも空気――『インシテミル』

ここから、実作の検討に移る。

まずは、「証拠」や「事実」が機能不全に陥りかけているポスト・トゥルースの状況の中で探偵小説をどう成立させるのかを自覚的に意識した作品を、「ポスト・トゥルース」という言葉が広く流通するようになる以前まで遡って、検討していくことにしたい。「ポスト・トゥルース」という用語や概念が広く浸透する前に既にミステリ作家がその状況を意識していたと思しい作品を発表しているということは、驚異の一言に尽きる。作家のアンテナの力を信用しても良い根拠のひとつであろう。

最初に注目してみたいのは、米澤穂信が二〇〇七年に刊行した『インシテミル』である。本作には、論理や証拠が通用しない相手に対して探偵が戸惑い、(一時的に)敗北すらしてしまう場面がある。ちょうど、現在のような「論理」や「事実」が無視されるポスト・トゥルースの状態を危惧し、対決しようとする作品であったと今となれば解釈できるだろう。

『インシテミル』は〈暗鬼館〉と呼ばれる施設で「実験」され、疑心暗鬼に陥って互いに殺し合ってしまう参加者を描く、クローズド・サークル作品である。

〈暗鬼館〉の中では日本国政府の法律と警察の力が及ばなくなり、〈主人〉の定めた独自のルールが支配している。そこは、法律や警察とは別種の「法律」「捜査」「司法」を人工的に成立させられた空間である。参加者は、犯人にも、探偵にも、傍観者にも、裁判員にもなってしまう。本作もまた架空裁判を扱った作品なのである。

この空間の中で、推理したり、推測したり、悩んだり間違えたりする人々の様々なドラマが繰り広げられるのだが、「証拠」を突きつけても意見を変えない人物を描いた、印象的な場面がある。具体的に引用する。

「殺人に使われたのは九ミリ弾だから、22口径空気ピストルでは発射できない」と、主人公が証拠を元にして説明しても、その相手には、通じない。


「なんで？　若菜が鉄砲持ってたんでしょ。だったら、若菜じゃない」

「いや、でも種類が違うって、いま話したように」

「でも鉄砲なんでしょ？」

「……え？」

結城は言葉を失った。操作方法を記した〈メモランダム〉に目を落としていた渕も、追い討ちをかけるように、

「細かいことはわからないけど、でも、同じピストルでしょう」

と。

これほど明々白々な証拠を突きつけたのに、全く理解されていない。(p337-338)

「いったいどう言えば、わかってもらえるのだろう。そもそも言葉が通じているのか。ほとんど絶望的な気分に陥りながら、結城はそれでも何とか、ひねり出す」(p338)。

「論理」や「証拠」がそもそも通じない人たちを相手にしたときの、探偵の戸惑いが描かれている。論理や証拠にそもそも重きを置いて思考しない人々がいる中で、生き残るために、探偵は犯人を当てなければならない。

この館では、多数決で犯人と名指された人間が〈監獄〉に入れられるルールになっている。だから、演技力があったり、人々が聞きたいような聞き心地の良い「推理」を披露すれば、論理的でなかろうとも、人を説得できるということになる。論理よりも空気こそが、ここで人々を裁く原理となっている。

語り手はこのように説明する。

「そもそもこの〈暗鬼館〉では、殺人者を裁くのに真実は不要だ。関係があるのは、多数決

のみ」(p362)「必要なのは、筋道立った論理や整然とした説明などではなかった。どうやらあいつが犯人だぞという共通了解、暗黙のうちに形作られる雰囲気こそが、最も重要だった。疑心暗鬼が雪崩《なだれ》を打つ先、それが〈暗鬼館〉における『犯人』の、唯一の条件なのだ」(p367)

小説の展開の中で、主人公は「犯人」に仕立て上げられ、監獄に入れられ、モニタで事件を見ている「傍観者」の立場になってしまう。牢獄は逆に犯人たちから彼らを守る役割もあるので、主人公たちミステリ・マニアは、気楽に状況をゲームのように分析して楽しむことができる(「密室」はミステリにおいて様々な寓話的機能を帯びたが、これは「安全を守る」装置であると同時に、進行していく現実に対してモニタ越しにしか触れ合えないというネットユーザー的な疎外の感覚も示しているだろう。ここは現実にすらゲーム的に接してしまう主体を描いているシーンであり、主人公たちももちろんこの構造に対して無垢ではないことを示している)。

論理や証拠を無視する人など、現実にはいくらでもいる。突きつけても認めない人にやきもきさせられる経験をしたことがある人も少なくはないだろう。証拠や論理などで追い詰めて素直に認める人間というのは、フィクションのカタルシスを高めるために登場する虚構の人物であるとすら言いたくなってくる。

「クローズド・サークル」とは、そのような現実を排除するための方法論でもある。クローズド・サークルを設定する利点のひとつは、警察を排除することである。これは、探偵が活躍する余地を生む（警察が、科学力と人員を総動員して捜査してしまっては、探偵の活躍する余地がなくなる）。たとえば、綾辻行人の『十角館の殺人』では、警察組織や操作が複雑になりすぎた世界において「本格ミステリ」を成立させるための方法論として、敢えて警察の介入できないクローズド・サークルを舞台にしていることを、作中で言及していた。「クローズド・サークル」を導入する利点は、警察を排除することだけではなかった、ということが、『インシテミル』から逆説的に浮かび上がる。『十角館の殺人』は、登場人物たちがミステリの愛好家であるという設定を用いることで、「論理」や「証拠」を平然と無視する人をも排除した閉鎖空間を人工的に作り出し成立させていた、と言える。

『インシテミル』の登場人物には、ミステリファンと、非ミステリファン（外部の人）とが混ざっている。それは、『十角館の殺人』の代表するクローズド・サークルの本格ミステリ作品に対し、批評性を発揮していると言える。自律した論理空間のゲームとしてミステリが存在しえなくなっているのではないか、「論理」や「事実」を無視し、「空気」で判断するような風潮に侵食されていくのではないかという問題意識が、空間・人物構成において新本格の構造をずらすという形を取って現れているのだ。

本書は、「空気」や「情動」による判断を行う主体と、「論理」「証拠」を重視する主人公ら探偵との対決であり、結局は「論理」「証拠」を重視する側が勝つという内容になっている。その点で、後述するような「真実」は存在しないし、「論理」や「証拠」は重要ではないという世界観を全面的に受け入れた作品とは異なる。ポスト・トゥルース的に社会が変化していく過渡期において、「空気」や「疑心暗鬼」によって人々が判断を狂わせていく状況にミステリがどう立ち向かうべきかという問題を提起したという点が、『インシテミル』の先駆性である。

『逆転裁判』――「証拠」と「論理」を突きつけるゲーム

人民裁判において、力を持つのは「証拠」でも「論理」でも「事実」でも「真実」でもなく、扇動、扇情、プロパガンダ、情報操作である。

特に力を発揮するのが「まとめサイト」である。「まとめサイト」とは掲示板やSNSのやりとりを勝手にまとめて文脈付けをして提供するサービスのことだ。

「まとめサイト」は恣意的な選択によって見せかけの「事実」を作り出し、単語レベルで反応した人々が、裏を取らずに正義心や怒りや嫉妬などの感情で反応し、カスケードする。それらは、サイトの仕様や誘導によってコントロールされる場合もある。証拠がなければ、憶測が飛び交い、結果、信じたいものを信じるだけになってしまう。事実や論理が重視されない価値観の世界で、妄言、妄想、デマも、真実と区別がない。そもそも、区別をつけなければならないという規範すらないのだから。

そのような状況と随伴してきた作品として、『逆転裁判』シリーズが挙げられる。

二〇〇一年に発売されたゲームソフト『逆転裁判』は、まさにそのような「雰囲気」や「勢い」に流されがちな風潮に対し、「証拠」の価値を突きつける、先駆的・野心的なゲームであった。主人公は弁護士・成歩堂龍一。プレイヤーは、成歩堂を操作し、弁護士として、真相に辿り着き、依頼人を救うことになる。ゲームであるので、ロジックの誤りをプレイヤーが探したり、問題点を能動的に指摘しなければ物語が先に進まないようになっている。冤罪を防ぎ、真実を志向するという倫理性と、論理的な訓練が、プレイ体験を通じてプレイヤーに伝わるようになっているというのが、書籍というメディアとは異なる、ゲームとしての本作の特異な特徴である。

一作目は、「法廷」という舞台のような空間で、振る舞いや、演技力、勢いや空気などが「事実」すら替えてしまうのに抗して、「証拠」と「論理」を突きつける主人公を描くものであった。しかし、二〇〇二年の『逆転裁判2』の結末では、その「証拠」や「論理」の力が敗北を喫してしまう様が描かれている。詳細は省くが、裁判において、真相や事実を判定し、判決を下すのが不可能な状況に主人公とプレイヤーは陥る。

諸岡卓真はそれについて、「〈真実〉そのものが成り立たない空間が出現している」と述べる（『現代本格ミステリの研究』p164）。そこでは「正しい」か「誤りか」ではなく、「適切」

か「不適切」か、言い換えるなら、「関係のある事柄やキャラクターが、最も収まりのいい（最も都合のいい）位置に収まる解決が、そこでは選ばれる」（p165）。

第一作、および第二作の終盤までは証拠や論理により、関係性や雰囲気による判決が下されることに抗う作品であったのだが、第二作の結末において、主人公とプレイヤーも関係性や雰囲気や空気で何かを決定しなくてはならない状況を突きつけられる。

諸岡は言う。「成歩堂が破壊してしまった基盤の上では、論理はもう役に立たない。そこに出現するのは、有罪／無罪の決定権を持つことになる者を説得しさえすれば、事件の真相を自由に決定できてしまうという事態である」（p166）

この問題にシリーズがどのように取り組んだのかは、ここでは追跡しない。代わりに、『逆転裁判』の課題をミステリ小説において引き受けていると思しい作家を扱う。ノベライズである『逆転裁判　時間旅行者の逆転』を二〇一七年に刊行することになる円居挽である。彼の代表的な作品である「ルヴォワールシリーズ」をここでは扱おう。

残念な真実よりも魅力的な虚構を――円居挽「ルヴォワールシリーズ」

円居挽は二〇〇八年にデビューした。二〇〇九年に単行本『丸太町ルヴォワール』（二〇〇九）を刊行。以下、『烏丸ルヴォワール』（二〇一一）、『今出川ルヴォワール』（二〇一二）、『河原町ルヴォワール』（二〇一四）とシリーズは続く。

「ルヴォワールシリーズ」は、『逆転裁判』よりもさらに一歩踏み込んで、演技や演出が「真偽」よりも重視されがちな「架空裁判」を描いた作品である。

京都を舞台に、「双龍会」という、私設の裁判めいたものが行われるという設定が本作の重要な位置を占める。「双龍会とは京都に古くから伝わる私的裁判である。その由来は平安時代まで遡《さかのぼ》り、貴族同士の係争で白黒つける際に行われた。火帝《かてい》という裁判長を立て、御贖《みあがない》という被告の罪について両陣営が争う」（『烏丸ルヴォワール』p11）

双龍会で、検事・弁護士の役割を担う者は、「龍師」と呼ばれる。「龍師」は観客たちの前で様々なことを行うが、それは必ずしも論理や証拠に基づいていなくても良い。裁判官に該当する人間もまた論理によって判断するという決まりはない。捜査を行う主人公たちはこのように言ったりもする。「結論を先に決めて、相応《ふさわ》しい証言や証拠を優先的に拾い集めていった方が効率はいいでしょ？　龍樹家では捜査よりも仕掛けを重視していくのが基本方針なの」（同、p117）、「残念な真実よりも魅力的な虚構を、という訳か」「私たちはいつだって誰を騙《だま》して、誰を驚かせるかを考えながら双龍会を組み立てるのよ」（p186）「ここは法廷じゃない。法廷侮辱罪もなく、印象操作でも何でも、やられた方が悪い！」（p397）

情報の提示の仕方、派手な演出などで、観客の心をつかむことが、この「双龍会」での勝利の条件となる。演出や空気のコントロールが、「事実」や「証拠」よりも重要な世界になってしまっている。「何が真実かなんて関係ないんだよ。双龍会では自分の信じることだけが真実だ」（p442）

裁判官である黄昏卿も、「其方の説がもっとも魅力的であった」（『今出川ルヴォワール』p135）などと言う。真実や真相や事実が問題でもなく、適切かつ公平な裁きをするということが目的でもなく、「面白がる」ことが重要とされている。見世物としての注目を集め、関心を維持し、支持を多く集めれば勝ちという、ポピュリズム的な裁判空間であり、ネット上の人民裁判と同じ「勝ち負け」の構造になっている。

『逆転裁判』は、架空裁判でありながら、まだ「証拠」や「論理」にこだわっていた。こだわろうとしていた。冤罪でもいいし、真実でなくてもいいという開き直りも（少なくとも二作目までは）なかった。真相が不明になる状況も、その状況における判断の困難をプレイヤーに体感させるためであった。

『丸太町ルヴォワール』の場合は、「証拠」「論理」「真実」「真相」への拘りはかなり低下している。人心掌握ができればいい、ぐらいの開き直りである。「物語」や「虚構」や「見栄え」、演出などを全面的に肯定している主人公達が描かれている（「真相」に拘る人物もいるが）。言ってみれば、ドナルド・トランプ的な、フェイクニュースであろうとなんだろうと利用し、多くの人間を説得して多くの得票があれば勝ちなのだ、という世界観である。

作品は、最終的に、裁判長である黄昏卿との対決を描く。黄昏卿は「現実を改変する能力がある」(『河原町ルヴォワール』p26)とすら言われる。と言っても、SF的な能力があるというわけではなく、京都において長い歴史を持つ権力であるので、揉み消したり何かを動かしたりする強い権力を持っている、ということである。その黄昏卿が頂点に立つ青蓮院が、双龍会を取り仕切っている。制度もルールも判決も恣意的に歪められる、そんな相手との対決が本シリーズのクライマックスだ。証拠と論理のゲーム空間に閉じることが可能なミステリ空間を拡張し、「ゲーム空間」である裁判の外の権力構造や駆け引きや騙し合いを相当なレベルまで描いたのが、本作の重要な意義であろう。結果、現実世界と同じように、無限への発散が置きかけてしまい、「論理空間」におけるゲームとしての本格ミステリとしては破綻が出てしまっているが、本作は同時代の「底」や「ルールの基礎」がなくなってしまった人民裁判的な状況に徹底して呼応しようとしたミステリとして特筆に価するだろう。

では、倫理面はどうだろうか。

「家」と「愛」が本作では異様に強調される。登場人物たちの行動原理は「家」である。龍樹家に所属している龍師たちの関係は異様に濃い。黄昏卿に刃向かう理由も「龍樹家」のためである。シリーズの完結はこの一言だ。「貴方を愛しているんだから」(p327)。

これには面食らう。正直言って、登場人物たち相互の思い入れも、執着も、家への拘りも、私には共有できない。彼らのファンダメンタルな価値観が、真実でも正義でもなく、家や、他の人物への執着だということをどう理解すればいいだろうか。家制度的なものを重視するコミュニタリアニズムの変種と理解すればいいのか、「つながり」を重視するタイプの、再帰的な共同体を志向する価値観と言えばいいのか。あるいは、そもそも倫理が志向されていないのか。お喋りややりとりや駆け引きそれ自体が、カーニバル的な喜びを持っており、それ自体で良いというのだろうか。

この点は、同じく京都を舞台にした西尾維新のように、キャラクター小説的な掛け合いの楽しさそれ自体の価値を他の価値より高く評価する人生観・価値観を提示していると言うべきなのかもしれない。西尾維新については後に再び触れるが、ポスト・トゥルース時代の実践倫理を探るという点では、本作のこの思想の部分には不満を表明せねばならないだろう。閉じた人工空間の中での論理や証拠のゲームに留まれず、様々な政治や権力や、空気や見栄えなどに判断が左右されるという状況それ自体をモデル化し、描きつくしたその力量や良し。意気込みも素晴らしい。しかし、「家」や「情」を重視し、「コミュニケーション」それ自体の快楽を重視する祝祭空間それ自体の価値を提示するのは解決にならない。なぜなら、ゼロ年代の「つながり」「コミュニケーション」「カーニバル」を肯定する時代の風潮に逆戻りしているだけだからである。そのような祝祭やカーニバル、すなわち、「祭り」が「炎上」に帰結し、上のものと下のものが逆転し誰もが参加するカーニバル（ミハイル・バフチン）の酔いの果てに、フェイクニュースやヘイトスピーチの跋扈を許してしまった状態が現在なのである。今はもう酔って誤魔化すべきときではなく、二日酔いに耐えながら後始末をするべきときである。

「合理的な虚構で立ち向かう」という倫理――『虚構推理　鋼人七瀬』

二〇一二年に本格ミステリ大賞を受賞した城平京『虚構推理　鋼人七瀬』は、事件の扱いが特異である。ネット上で情報操作をして、多数がそれを信じれば事実になるとでもいうかのような設定が導入されているのだ。

探偵は、事件の真相を妖怪に教えてもらっており、そもそも知っている。殺人事件を起こしているのは、「鋼人七瀬」と呼ばれる怪物である。「鋼人七瀬」はネット上に書き込まれる噂などが増幅することによって実体化した存在である。「鋼人七瀬は怪物です。それも現代に生きる人間の妄想と願望が作り上げた、『想像力の怪物』です」(p149)。端的に言えば、「鋼人七瀬」とは、実害のあるデマのメタファーであると考えられる。それは、多くの人があると信じているから「実体化」しているとされている。

「実体化」を促進しているのがネット上の〈鋼人七瀬まとめサイト〉である。「あのサイトこそが鋼人七瀬の正体と言っても構いません」(p156)とある通り、この作品は、デマでも嘘でも扇情的な見出しをつけてクリック数を稼げばいいと考えるようなフェイクニュースの製造元・増幅器である「まとめサイト」との戦いを描いている。

『想像力の怪物』は人の想像力によって存在を保っています。すなわち、人の想像力によってその存在が常に妄想され、常に存在を望まれる限り、鋼人七瀬は不死身」(p156)である。

デマを甘く見てはいけない。それは実際に人を殺す。二〇一六年、あるピザ屋が児童売買の拠点であるとのデマを信じ、ライフルを持って押し入り、発砲する事件が起きた。通称「ピザゲート事件」である。死者こそ出なかったものの、一歩間違えば死人が出てもおかしくなかった。熱心な民主党支持者の「コメット・ピンポン」という名前のピザ屋のメールが流出し、そこに「チーズピザ cheese pizza」などの言葉があるのを、ネット民が「児童ポルノ child pornography」の隠語だと勝手に妄想的に推理。店名「Comet Ping Pong」も「CP」と略される。かくして「児童売買ネットワークの拠点」だとするデマが発生、フェイクニュースサイトで拡散。その結果、真実と信じ込んだ男が、児童を救うためにライフル片手に乗り込んだ。荒唐無稽であるが、これは現実に起きた事件である。

デマは人を殺す。関東大震災の時の朝鮮人虐殺や、ナチス・ドイツでのユダヤ人虐殺は言うまでもない。

では、この怪物《デマ》を退治するためにはどうしたら良いのか。

「真実」は、対抗にならない。「合理的思考による真実の勝利とならないところが複雑なのだ」「嘘が人の心を揺らしてしまう」「人の心を揺らす嘘は、真実よりも真実らしく見えるのだ」（p161）という認識が、前提として語られる。「たとえそれが真実であったとしてもなかなか受け入れられない。噂の方にインパクトがあり、多少なりともっともらしければ、少しくらい矛盾があっても嘘が真実に取って代わる。真実だからといって物語を書き換えられるものじゃないでしょう」（p162）

だから、「合理的な虚構で立ち向か」（p162）うという戦略が採られる。「『鋼人七瀬は亡霊である』という現実よりも魅力的な、『鋼人七瀬は虚構である』という物語をまとめサイトに直接挿入」するのだ。

一言で言えば、主人公たちが行うことは、デマを打ち消すために別のデマを広め、多数派になるための、ネット上でのプロパガンダ合戦である。事実はどうあれ、信じさせてしまえば、現実の死人を出す怪物が力を持ったり失ったりするという世界観なのだ。「真実と虚構はたやすく入れ替わり、生半可な知識ではどちらがどうと判別がつけられない。嘘が人の心を揺らし、真実となったなら、その真実をさらに嘘で揺らし、嘘に戻すこともできるということか」（p166）

この戦略を、「虚構に対して虚構」の戦略と呼ぼう。かつて、寺山修司と永山則夫が、「虚構」に対抗するのに「虚構」を用いるのか、「事実」を用いるのかを議論したことがあったことを思い出してもいいかもしれない。

両者のプロパガンダ合戦（「虚構争奪議会」と呼ばれる）の結果（「採決」）、登場人物の一人は「誰よりも間近で虚構が争奪されるのを見た。虚構が真実にひっくり返るのを、真実が虚構にひっくり返るのを見た」（p369）。このような（当人の思い込んでいる）真偽がひっくり返る、ミステリのクライマックスのようなどんでん返しは、ネット上の騒動や論争で多く見られるし、参加者や観察者は身に覚えがあるだろう。

『虚構推理』はもはや、「証拠」や「事実」それ自体が争点とはならない時代を直接的に扱っている。炎上やデマをいかにコントロールするかが、その主眼である。見せかけや雰囲気、流れやまとめサイトの設計などが重要なファクターとなる。

では、ここで「倫理」はどうだろうか。犯人として冤罪をかけられそうになった警察官・紗季は、非常に正義感が強い。デマの怪物を膨れ上がらせ大量殺人まで行わせようとした登場人物・六花（敵役）に対して、紗季は秩序を守ろうとする。「誰もが己の望みをかなえる神様を造る自由が許されたら、どんな世界になってしまうだろう。（中略）紗季にもわかる。／そんな世界は終わっている。許されない。秩序は守られねばならない」（p385）

このように考えている警官・紗季をサポートする、超常的な現象を認識する能力を持っている登場人物の岩永はどうか。小説の末尾の、最後の一行の手前から引用する。「理外の理があり、無理と道理も両立している。／でも恐れる必要はない。全てには秩序がある。／岩永はただそれを守る。六花がいかなる方法を使おうと、いかなる思いで新たな神を求めよう

と、必ず守ってみせる。必要とあれば合理的な虚構を、真実を超える虚構も築こう。虚実のあわいにこの世を守ろう」（p395）

この態度は、ポスト・トゥルースの時代における倫理を探究しようとしているわれわれにとって、実に高く評価すべき、かつ、勇気をもらえる言葉であるだろう。

しかしながら、実践倫理を探究するという本論の立場からすると、本作には決定的に物足りない点がある。それは、この作品の場合、「事実」が担保されているのは、「妖怪」が真実を教えてくれるという設定の導入に拠ってである。ミステリとして成立させるため、エンターテイメント性を高めるためなど、フィクションとしての必要性は十分に理解しつつも、実践倫理の立場からすれば、不満は残る。現実のわれわれは、特権的に絶対的・客観的な真実を得られない状況にいることの方が多いからだ。むしろ、それを知っていると思い込んでいる主体――「神がお告げをした」とか、「世界は知らないような真実を自分だけは知っている」と自己愛的に思い込む主体――こそが、大きな間違いを犯すことを目にする機会の方が多い。科学的真実であれ、客観的な事実であれ、それを本当に把握するのはとても困難である。それぞれの信念でそれぞれの世界観が正しいと思いこんでいる人ばかりがいるこの現実世界においては、「妖怪が真相を教えてくれる」という設定は存在していないのだ。

現実の炎上事件は、そのような妖怪や神のような超越的審級が真相を教えてくれるようなものではないし、把握していることの方が稀だ。むしろ、「自分は真実を知っている」という妄想的な思い込みこそが、事態を悪化させるのではないか。「真実」の認識困難性を自覚しつつ、しかしながらシニシズムや相対主義に陥らず、「真実」「事実」ににじり寄り続けるような態度こそが、むしろ倫理的には必要なのではないだろうか。ただし、そのような態度を多くの人々に持ってもらうように変えていくのは、簡単な道ではない。有効性としては、それでは遅々として進まない、というジレンマの中で、これらの作品は「虚構に対するに虚構」という手法を用いてでも倫理的であろうとしている。

とはいうものの、「虚構に対するに虚構」の戦略は、畢竟、力と力のぶつかり合いにより強い方が勝つというだけになるだろう。それでは、単に、騙す力が強い方が勝つだけの話であり、現実においては、単に資金力と政治力があり、能力の高い広告代理店を雇えた方が勝つ、というだけの話になりかねない。おそらく、それだけではわれわれが求めるような倫理には足りない。

ではどうすれば良いのだろうか。

「虚構による戦略」と「貧しい者のやり方」

参考のために、先に触れた寺山修司と永山則夫の論争に少しだけ触れておこう。「連続射殺魔」であり作家である永山則夫に対して、寺山が共感的な文章を書いていた。それに対し、永山が反論文を書き、論争が勃発した。時期は一九七〇年代後半。
この論争を、井口時男は『悪文の初志』収録「作家の誕生」の中で、こうまとめている。

二人の対立は、「虚構」と「事実」をめぐる思想的な対立だと読みかえられる。（中略）それゆえ、永山の反論を読んだ寺山は、「永山が、虚構の原基である裁判に、何を期待しているのか私は知らぬが、いずれにしても『事実』という名の幻想などは早く捨てた方がよい。虚構に勝つために必要なのは、虚構による戦略である」と記し、それに対して永山は、「この尊大な『戦略』様よな！　デマに勝つのは事実しかないとするのが貧しい者のやり方だ」と再反論するのである。（p182）

寺山のやり方はポストモダンの戦略、と言えるだろうか。それに対して永山のやり方は、事実へのこだわり、とでも言えるだろうか。「こだわり」は、戦略とは異なる。「事実」が実在するのかどうか、それを認識可能なのか、自分の記憶が改変されてはいないかという認識論的な問いを経由しているわけではない。ただとにかくどうしてもこだわるだけである。ある事象が心身に、記憶に、アイデンティティに食い込み、どうしようもなくなっているそれを指し「事実」と叫ばなくてはならないような主体として、永山はいる。「事実」は永山において、寺山のように、操作可能な記号ではないのだ。

「必要とあれば合理的な虚構を、真実を超える虚構も築こう。虚実のあわいにこの世を守ろう」という、『虚構推理』の「戦略＝倫理」は、どちらかといえば寺山的な戦略である。ただし、記号的に操作可能になってしまった「現実」「事実」を前提とするネット社会を受け入れつつ、それと戯れるというよりは、それを前提とした倫理的な態度を採ろうとしている点が、ひとつの違いであるといえるかもしれない（もちろん、寺山が倫理的ではないと言っているのではない）。

この話を持ち出したのは、円居挽や城平京の「戦略」が、ポストモダンの始まりにおける寺山の戦略の延長線上に位置づけられるかもしれない、ということを強調したいがためではない。むしろ、永山のように、ただただ「事実」にこだわろうとする「貧しい者」のやり方を主張する者と、現在のミステリの戦略を対比的に示すためである。「貧しい者」のやり方、「事実」にこだわる方式は、現代ミステリの中ではあまり人気のあるやり方ではないようである。

『神曲法廷』——一九九八年の倫理

ここで、この傾向が特に二〇〇〇年代以降のミステリで顕著になったことの傍証として、一九九八年の山田正紀の本格ミステリ作品『神曲法廷』を参照する。

日本の司法の問題をテーマにしつつ、神に指名された探偵による形而上的な次元での裁判という構造を持ったこの小説が、探偵小説の持つ「市民社会」と「司法制度」を念頭において書かれていることは間違いがない。

検事である佐伯は、探偵役として神に指名される。腐敗した司法・警察制度では裁けない犯人を裁くべく指名されるが、常に彼は自身が統合失調症ではないかと疑いを抱えている。さらに、自身は裁きたくないと強く願っている。

「なぜ、おれが、このおれが、という苦悩する思いを断ち切れずにいる。佐伯は人など裁きたくないのだ。どうして、ほかの人間ではなしに、このおれがそんなことをやらなければならないのか！」（p422）

司法や警察に――すなわち、政府の側にある法廷に絶望しているが、その外にある別種の「裁き」の場――神曲法廷――で裁く立場になることを強く拒絶している。自身を疑い、懐疑的になり、裁きを行うことをひどく嫌がっているこの姿は、現代日本の本格ミステリ作品や現実のインターネットにおいて、集団リンチをむしろ好んで嗜癖的に行っている多くの人々と比較した場合、強い反省性と倫理性が印象的だ。

このような問いも、探偵に発せられる。

「なにがおまえにそんなふうに人を裁く権利を与えたというんだ？」（p386）

この問いに、佐伯は内省する。

「検事になり、法律というものがどんなに不完全なものであるか、そのことを骨身にしみて思い知らされた。法律とはしょせん国家を存続させるための共同幻想のようなものだろう。それは、事実を明らかにするというより、むしろ〝正義〟という物語《フィクション》を捏造《ねつぞう》するための（あまり精度がいいとはいえない）道具にすぎないのだ。つまるところ、人が人を裁くのは絶望的に不可能なことであり、そこから導きだされる事実はつねに近似値でしかない」（p386）

「現実の事件では、すべてが完全に解決するなどということはありえないのだ。明らかにされるのは、いつも灰色事実にすぎず、事実の近似値でしかない。そのことに嫌気がさして、絶望して、それで検事を辞める気持ちになったのではなかったか。

——しょせん人間には人を裁くことなどできっこないのだ」（p388）

この認識は、明らかにポスト・トゥルース時代のミステリを先取りしている。それと同時に、ポスト・トゥルース時代の倫理をも先取りしている。「人間には人を裁くことはできない」「灰色事実にすぎ」ないという認識がそれである。しかしながら、それでも人は事実を認識し、裁きを与えなければいけないとするとどうすればいいのか。実践倫理の観点からすれば、「神」という作中の答えは排除せざるをえない。だが、このように苦悶しながら反省と内省を繰り返す探偵の姿自体は、今でも有効な倫理的な姿勢を示しているように思われる。

政府や国家が信用できないからと言って、ネット上で勝手な事実や真実を捏造し、自分勝手な私刑をする人々とは大きく異なっている。それらの現象がこれほど肥大化する以前に既にこの問題に対する批判的な回答がミステリ作品を通じて描かれていたことに驚く他はない。

『裁判員法廷』『十三番目の陪審員』の節度と限界

この論点から是非とも触れておかなくてはならないのは、陪審員制度の法廷を扱った芦辺拓の『十三番目の陪審員』（一九九八）と、「二〇〇九年施行の裁判員制度をとりあげた、おそらく本邦初の小説集」（p281）である『裁判員法廷』（二〇〇八）という二つのミステリ作品である。この章で論じてきた問題系への扱いの「差」に注目しながら比較していくことにしよう。

『十三番目の陪審員』は、架空の陪審員制度を採用した日本の法廷が舞台になっている。作品の中で、作者は陪審員制度を強く擁護している。あとがきで「この作品では現状へのやりきれない思いから、いささか過剰に、ときには作者自らが地の文に顔を覗《のぞ》かせてまで陪審制の導入を訴え、その点については読者のご批判もあった」（p422）とすら書いている。日本の「エリート主義」を批判し、民衆を信じている作者の姿勢が見える。作中の権力者、マスコミ、インテリ、保守政党などが、陪審員制度に反対している。彼らは「市民」を「蔑視」しているからだ。陪審制は「民主国家なら最低限備えていなければならない司法制度」(p378)であると登場人物が言う。物語は、市民であり素人である陪審員たちが、様々な謀略に打ち勝ち「正しい」判断を行いうるという結末になっている。

その裁判は「論理的」で「公正」に進む。そのように制度が作られているからであるし、それに従って理性的な判断をできる主体のみによって陪審員が何故か構成されているからである。そこには、論理的思考ができない人間や、世論に強く影響される人間や、妄想を強固に抱いている人間は何故かいない(人口の構成比から考えると不自然であるように私は思うが、その人間観の差は、ネットに由来している部分もあると思う)。

裁判官は以下のようにルールを述べる。「わが国の裁判の大原則である『推定無罪』についてお話ししておかねばなりません。これは、訴追者である国が『合理的な疑いを差し挟まずに』被告人が有罪であると立証しない限りは、被告人は無罪とされなければならないということです。一方、被告人は自らの無罪を証明する必要はないのです」(p225)。ここには「論理的」とは何かという問いはない。「論理的」な判断以外に影響を及ぼすものは可能な限り排除されているし、陪審員は実際にそれらに影響されない。

これは、次章で詳述する一田和樹の『公開法廷』と著しい対照を示している。法廷=国の側が、世論に迎合して制度自体を改変してしまうという、ポピュリズムやゲームチェンジャーの影響もないのだ。

このような内容は二〇一八年の現状から考えると、いささか楽観的であり、市民の判断力などを過信していたようにも見える。ネットで起こっている「炎上」という名の人民裁判を見ていると、このような楽観はできそうにない。

何よりも皮肉なのは、この作品が「人工冤罪」によって罠に嵌められた人間を救うために弁護士＝探偵と、陪審員＝素人たちが奮闘する物語であるということだ。現在の状況は、素人たちがむしろ冤罪を作り出し、架空の法廷で次々と犠牲者を出している状況である。

現実の裁判員制度に材を得た『裁判員法廷』も、基本的な問題点は変わっていない。こちらも冤罪事件を、弁護士と裁判員たちが奮闘し解決する物語だが、「事実」それ自体の存在は疑われていないし、「論理」的思考そのものが危機に瀕しているのではないかという問題意識は含まれていない。私自身の趣味としては、極めて真っ当で、良識と節度のあるミステリーとして愛すべき作品だと感じる。筆者もまた、法廷や裁判員（つまり、一般の多くの人々）がこのようであってほしいと願わずにはいられない。だが、本章で記述してきたような、「事実」「論理」「公正」の底が抜けてしまったかのような危機的な事態を描きえておらず、牧歌的であるという印象を抱いてしまうことも否定できない。

ポスト・トゥルース時代は、「インテリ」「知識人」を批判し、市民に力を与えるという点では、芦辺拓が願ったことを実現させている。その代わり、「冤罪」を憎み、「事実」を尊重し、「論理」的に思考する市民という作品の願いとは、ほとんど正反対の方向に（少なくともネット上の「私刑」空間と、それが現実政治に侵食した領域においては）進んでいる。そのような捩れた関係に、芦辺の二作はある。

抵抗文学としてのミステリ

本章の内容をまとめる。

ネット空間で私的制裁、人民裁判が横行している。そこは「論理」や「証拠」や「公正」の原理ではなく、「情動」「デマ」「面白」の原理で動いている。ヘイクラフトの考える探偵小説の成立基盤を揺るがす状況に対応しようとする、現代日本のミステリの苦闘を概観した。

本格ミステリの作者やファンが「証拠」や「論理」を重視した趣味を持っていることが、時代の風潮やファシズムに対する抵抗になるというのが、ヘイクラフトの図式だった。近代的な「民主主義」と「司法制度」は、「論理」と「証拠」と「公正」を愛する国民の精神と手を携えて存在し、その国の文化が探偵小説を栄えさせると、ヘイクラフトは述べた。

では、逆はどうだろうか。ここまで記したようなミステリが現代の日本で栄えるということは、どういうことを意味するのか。それを、「二重政府」状態と呼ぶことにした。「われわれ」意識が、これまでのような国家や司法や警察やマスメディアから離れて、ネット上の新たな情念的共同体に帰属するような事態を、「架空政府」のメタファーで論じてきた。そうすることにより「架空政府」による「人民裁判」の持つ暴力性に介入しようとするミステリが多く書かれる国の、国民のメンタリティはどうなっているのか、民主主義のありようがどうなっているのか、逆照射されうるのではないか。

では、どのような国民のメンタリティで、どのような政治体制か。ヘイクラフトの議論と対応させて図式化してみる。

探偵小説	**論理・証拠・公正**	**司法・警察**	**民主主義**
現代日本のミステリ	**情動・デマ・面白**	**炎上・私刑**	**？**

「？」が、現代日本の政治状況である。「？」については、「二一世紀の日本型ファシズム」と呼ばれることがあるが、それでは一般的すぎるので、その内実を現代ミステリの内容・形式の変化の分析を通じて、より詳細に明らかにしていく。

「架空政府」には情報空間ならではの特異な法則があり、それに従って人々の情念は形成される。

近代的なナショナリズム、すなわち「われわれ」意識が、出版産業によって形成されたとするベネディクト・アンダーソンの考えに従うなら、ネットメディアに多く触れる人々が、別種の「われわれ」意識を形成し、既存のマスメディアに構築された「われわれ」意識との分断を起こしても不思議はない。実際、「マスゴミ」などの言葉によるマスメディアへの攻撃の言動がネットで観察されるが、それはこの「われわれ」意識の分裂を物語っている。

この状態を本論は「二重政府」という比喩で語ってきたが、司法の場合と同じように、その分裂を埋めようとする試みを政府が行わないわけはない。ネット社会や架空政府的なものを支持する人々の心情に近づき、彼らからの得票を得るための努力を日本政府、特に与党は行っている。

二〇〇九年から二〇一三年まで自民党でデータ分析とメディア対策を行っていた小口日出彦は、『情報参謀』という書籍でその内容を明らかにしている。小口が記述しようとしているのは、自身の言葉を借りれば「政治に、テレビやネットの情報の分析が組み込まれ、人びとの小さな行動の集積が大きな政治活動の結果に結びつけられている、その最新の事実と仕組み」(p14)である。

そこで行われているのは、端的に言えば、ネット上における有権者の反応の観察と、ネットメディアを使った情報発信である。前者のデータを分析し、何をやれば有権者が支持するのかを理解し、発信の内容や振る舞い方にフィードバックする。「ネットクチコミと選挙結果には関係があ」るという予測に基づいた数理モデルが精度高く的中したことが、この戦略を実行させるひとつの根拠（あるいは、きっかけ）となっている。

行われたのは、「事実」なり「情報」を透明に伝える、というやり方ではない。ネットでウケるのは何かを知り、それに合わせて発言や行動や振る舞いを変えるということである。たとえば、「わかりやすい一言」がウケる。小泉純一郎の「感動した！」のような「ワンフレーズポリティクス」によって、アテンションを得られる。テレビでの露出も増え、ネットでの話題にもなる。

言うまでもないことだが、これは「炎上商法」や、扇情的な見出しで人を釣る「まとめサイト」と、情動を刺激してアテンションを得るという意味では同じ手法である。炎上にはマイナス面があるが、PV数と連動して広告費が出る「まとめサイト」ではプラス（メリット）の方が多いので、資本主義の論理に基づいてなくならない。政治の場合も、たとえネガティヴな理由であれ、露出があることは、露出がないことに比べて、有権者に投票を促すという点ではプラスであるという（単純接触効果）。小口は、そのことを「悪名は無名に勝る」（p56）と表現している。

二〇一〇年当時、「民主党政権vs視聴者＝国民」の構図の番組が次々と作られ、自民党の露出がとても低い時期があった。そのときに小口は自民党側にこのように説得したという。「だから、居場所を作ろうと思ったら、民主党vs.国民という構図のなかに飛び込んでいくしかありません。民主党のネガティヴ露出が大きいならそれに寄りかかっていきましょう。と

にかく投げられるものはなんでも投げて民主党に絡んでいくことが最大の露出向上策です」(p58)

既に国民の中にあるわかりやすい「構図」の中に入っていき、対立などを利用し、派手な物言いで注目を集める。このような手法が用いられている。昨今、政治家の発言が「炎上」して問題になっているが、それは単なる失言であったり頭の悪さ・見識のなさを意味すると理解するべきではなく、冷徹な計算に基づく戦術であると考えた方がよい。

大規模な「炎上」とも言えるヘイトスピーチやデマは、世論や国の方向すら変えていく。西田亮介『メディアと自民党』によると、政府与党はネット上の書き込みをビッグデータとして収集し、振る舞いや発言の参考にしている。とすると、ネット上の出来事は、私たちの生活レベルにまで、政治を通じて影響してくるものと考えなくてはならない。

ひとまず、本章の主張をまとめる。現代ミステリはいまや、「事実」や「論理」を重視しなくなった人々を意識し、内容や形式を変化させつつある。そのうちの一部は、新たに誕生した「炎上」「人民裁判」「架空政府」的な「われわれ」意識を扱いながら、現行の国家意識や民主主義との鋭い緊張関係をも組みこんでいる。それは、ヘイクラフトの議論を受け継ぐならば、二一世紀の日本的ファシズム的な状況へと変容しつつある現在日本の状況をも反映したものであると考えられる。

まだ満足のいく答え――ポスト・トゥルース時代の実践倫理や、二一世紀の日本的ファシズムの具体的な有様――には辿り着いていない。われわれは、再び、探求を続けなくてはならない。

Ⅱ サイバーミステリ
——対抗的技術人と、世俗化の戦略

一　対抗的技術人としての探偵

サイバーミステリとは何か——遊井かなめの定義を参考に

サイバーミステリと呼ばれる新しいジャンルが誕生した。

サイバーミステリは、ポスト・トゥルース時代に対応するためにミステリから生まれた新しいジャンルである。いわゆる本格ミステリと比較した場合、「謎と論理的解明」「フェアプレイ」というパズル的な要素は、かなりの部分、後退している。その代わり、インターネットによって変容してしまった暴力や犯罪の質の変化に対応できているというアドバンテージがある。

本章では、ポスト・トゥルース時代のミステリとして、前章で扱った「架空裁判」ものとは異なったアプローチを行っているジャンルであるサイバーミステリを、その代表的な作家である一田和樹の作品に即して検討していくことにしたい。

「サイバーミステリ」なるジャンル名の提唱者は、かつてサイバーセキュリティ業界に身を置いていたミステリ作家の一田和樹である。一田和樹は『檻の中の少女』でばらのまち福山ミステリー文学新人賞を受賞し、デビューした。経歴には「コンサルタント会社社長」、「プロバイダ役員」などを歴任し、「日本初のサイバーセキュリティ情報サービスを開始」したとある。ミステリのみならず、江添佳代子との共著『犯罪「事前」捜査』や、近藤るるとの共著『ネットで破滅しないためのサバイバルガイド』などの、ノンフィクション作品も執筆している。

『サイバーミステリ宣言!』の冒頭で、評論家の遊井かなめがサイバーミステリの簡単な定義を試みているので、引く。「サイバーミステリというのは、インターネット上で起こった事件を解決するミステリのことを指す」(p3)。しかし、既にインターネットを扱ったミステリは存在している。それらとは違う固有のジャンルとしての「サイバーミステリ」(を実践する一田)について、遊井はこのようにまとめている。

一田はインターネット網においては現実とは異なる論理構造が適用され、ネットを介することで瞬時に世界中の人間の個人情報や行動履歴を閲覧することが可能となった点に着目した。一田は、サイバーミステリにおける探偵と犯人のありようが、従来のミステリから変質するのではないかと考え、ミステリにおける重要な要素のひとつである〈推理〉の新たなる可能性をインターネット網から見出したのだ。同時に一田は、従来の〈推理〉ではサイバーミステリに対応できないのではないかという疑問も提示した。それはもはや、従来のミステリを拡張しようという試みではない。従来のミステリを乗り越えようという試みであった。（p4）

重要な点は、論理と推理、探偵と犯人のありようが、インターネットによって変容する、という点であり、それに対応したミステリを書こうとしている、ということである。続けて、遊井は、サイバーミステリにおける「推理」と「論理」に関して興味深いことを述べる。「実は、サイバーミステリにおける推理のスタイルや論理の扱われ方は、現代本格ミステリにおいて起こっている変遷と呼応したものであ」（p27）る。この「呼応」に関しては、本書のここまでの議論を追ってくださっていれば、問題なく了解できるだろう。興味深いのは、その変化についての具体的な言及だ。

遊井は、渡邉大輔の「検索型ミステリ」論を引く（「情報化するミステリと映像『SHARLOCK』に見るメディア表象の現在」）。名探偵が「真相」を言い当てるという枠組みがリアリティを失い、情報検索技術の仕組みに似た「検索的」な推理になる。「パターン化／階層化」する「外部システムの力」を借りるのだという。

これを参考に、遊井はこのように述べる。「サイバーミステリにおける探偵は、外部システムの力をあたかもスマホのアプリケーションのように使いこなしながら、効率的に推理を進めます。この場合、自分自身の知識も、アプリケーションのようなものです」（p31、傍点引用者）「論理よりは汎用性《はんよう》が求められるといった方がよいかもしれません」（p31）。

　前者は、サイバー空間で起こる事件は、ネット空間のアーキテクチャなり、プログラム言語なり、知られている脆弱性なりにより、パターン化されていることを根拠としている。パターンの中からどれが当て嵌まる答えなのかを検索することが求められる。ネット犯罪はリアルタイムでかつ即時的な対応が要求されるので、完璧な論理よりは、「汎用性」、つまりは多くのケースで「なんとかなる」ことが必要とされるということだ。ここにあるものは、これまでの本格ミステリで前提とされていたようないわゆる「論理」ではないし、「推理」の内実も大きく変わっている。ここで示されているのは、サイバー犯罪が行われる空間の性質によって、旧来の「論理」「推理」の内容が変質してしまったということである。

　私見では、「現代本格ミステリにおいて起こっている変遷と呼応」しているとは言え、明確な差異もまた存在している。それは、ネット空間に固有の仕組みに起因する犯罪と、それに対処する方法とが、現実空間とは異なる固有のあり方をしているという差である。第一章で論じた作品は、ネット上の炎上のメタファーとして捉えられる作品群であるが、あくまでもメタファーであり、具体的なネット犯罪やそれへの対処の方法論を、ミステリの方法論の中核に据えてしまうということまでは行ってきていなかった。

　この方法論の採用には、一長一短がある。実務的な経験に基づいた、よりリアルで迫真的で、啓蒙的な内容が展開できるという点が、プラスとしてある。一方でマイナスとしては、多くの読者は、ネットの技術的な仕組みについてそこまで詳しくはないので、推理や謎解きを探偵や登場人物と共に楽しむという読み方が難しくなる（あるいは、技術的な細部を小説に書き込んでも、大多数の読者は面白く読めない）ということにある。実際、多くのサイバーミステリは、この問題の解決に頭を悩ませている。

この違いは、サイバーミステリを本格ミステリとして扱えるのか否かという問題を孕んでくる。繰り返しになるが、サイバーミステリは「謎と論理的解明」「フェアプレイ」を基本とする読者参加型パズルとして完璧に出来ているというわけではなく、むしろそのゲーム的な側面は後退している。その代わり、ネット時代における犯罪とそれを解決しようとする人々の姿は活写されている。このことから、サイバーミステリとは、炎上時代における、正当な処罰を求める人々の心情の方を、謎解き論理ゲームの側面よりも優先しているジャンルであると言えるのかもしれない。炎上＝人民裁判それ自体により被害に遭う人々を救済する探偵の活躍を描いた物語は、ヘイクラフトの図式と比較して、かなり捩れている。

後に実作で確認するが、旧来の論理や、パズル性は後退しているが、「真実」「事実」「公正」に対する希求や、それに基づいた適切な処罰への志向は強く存在している。サイバーミステリの、ポスト・トゥルース時代における重要性を指摘する理由も、そこにある。

サイバーミステリで変化するのは、論理と推理だけではない。「証拠」の地位も変化する。

そのことを、二〇一四年に開催されたイベント「サイバーミステリの楽しみ　第一回」の概要で、遊井はこう表現している。

「これまでのミステリとサイバーミステリでは、決定的に違う点がたくさんあります。例えば、リアルの物体なら指紋や製品番号で特定できますが、デジタルデータは特定できません。同じデータが複数あったら区別することは不可能です。証拠という概念が根底から覆ります。／サイバー空間においては匿名性が高まることにより、他人が誰であるかを判別するのが難しくなります。／探偵と犯人は、サイバー空間の新しいルールでパズルを争うことになります」

ここで言われている重要な点の一つ目は、物理空間における物理的な証拠と、サイバースペースにおける電子的な証拠とは異なる性質を持つということである。二つ目は、犯人の主体が、ネット上においては変容するということである。特に、「匿名」になれたり、複数の人格になりすますことが容易であるなどの性質が物理空間とは大きく異なっている。三つ目は、「パズル」を争うのが、作者と読者ではなく、探偵と犯人であるということが強調されているということである。

この他、サイバーミステリの定義の中で重要な点は、作品の舞台が、『攻殻機動隊《こうかくきどうたい》』や『ニューロマンサー』のようなロマンチックなフロンティアとしてのサイバー空間ではなく、限りなく現実のネット空間に近いものとして表象されている、という点が挙げられる。

〈君島シリーズ〉——なりすましや誹謗中傷を解決する「探偵」

具体的にサイバーミステリがどのような内容のものなのかを理解していただくために、一田のデビュー作『檻の中の少女』から始まる〈君島シリーズ〉『サイバーテロ　漂流少女』『サイバークライム　悪意のファネル』『絶望トレジャー』の内容を紹介しよう。

物語は、中年男性のサイバーセキュリティコンサルタント・君島が、自殺支援サイト「ミトラス」の調査を依頼されるところから始まる。

特徴的なのは、主人公の君島が、その調査の過程でサイバーセキュリティのコンサルタントなのに、いわゆるハッカー的なテクニックだけではなくて、人を騙したり脅したりする、いわゆるソーシャルエンジニアリングを駆使するところだろう。真相を解明したり解決を導くために使われるのが、単なるロジックでもコンピューター・テクノロジーだけでもないのだ。

相手のスマホやパソコンなどにワームを仕掛けて情報を抜いたりの違法行為にも手に染めることについては前述した。警察や法律では対応できない犯罪に対応するために、探偵も犯罪者に近い存在にならざるをえないのだ。

シリーズ全体で描かれる犯罪の性質はどのようなものだろうか。これが興味深いことに、矮小で日常的なものと、世界的な謀略に近いスケールのものとが同じ水準で並んでいる。起こる事件は、たとえば、なりすましであったり、誹謗中傷であったり、匿名掲示板によって「複数の匿名の犯人」によって起こるものであったりと、卑近な一般の人でも実感可能なものであるかと思えば、金融取引停止、停電、工場へのハッキングなどの、大掛かりなスケールなものもある。

この二種類の犯罪のうち、前者が個人的には興味深い。それは、ミステリの主要読者である多くの一般人が共感可能な「犯罪」や「暴力」の在り方の変化を示していると思われるからだ。極端なことを言えば、ミステリは、殺人を主要な発端とするジャンルであると言っても過言ではない。が、サイバーミステリは、必ずしも殺人を必要としない。その意味では、「日常の謎」と同じ時代の感性を共有している。

別の作家の作品になってしまうが、『サイバーミステリ宣言!』に参加した七瀬晶のサイバーミステリ小説『SE神谷翔のサイバー事件簿』『SE神谷翔のサイバー事件簿2』は、日常の謎とサイバーミステリの交点に位置する作品であると言える。

この作品で起きる事件はほとんど血なまぐさいものではない。別れた彼氏が、彼女の友人になりすましてブログを書いて誹謗中傷をしたり、内部情報を流出させて株価を落とさせようとする類の事件が多い。

これらは、読者が「暴力」や「被害」の質についての感性を変化させてきたということの現われではないかと思える。

このことは、現在における「風評被害」というロジックの前景化と関係があるように感じられる。個人が自由に発信できるツールであるインターネットが生まれてから、名誉毀損や誹謗中傷が、個人レベルで、相手に大打撃を与えるレベルで可能になってきた。精神的に相手を追い込めば、心の病気になってしまうかもしれず、その場合は脳に物理的なダメージも受けているかもしれないし、時によっては自殺という、人間存在に対する不可逆かつ最高度のダメージにつながることもある。企業のイメージや評判は株価の変動につながり、その変動は、会社の業績にも影響を与え、会社の業績は、社員たちの生活に具体的に直結している。「記号」や「情報」がリアルなダメージを与えるということが、ポストモダン風の「理論」を通じてではなく、身を持って体験できるような環境になったのが現在なのである。探偵小説は、その変化に応じて、形を変えている。

コミュニケーション操作系暴力時代の探偵

一田の作品『絶望トレジャー』の中で、主人公である君島が解決しなければいけない事件のひとつも、そのような些細で日常的なものであったりする。

ツイッターなどのアカウントが次々と消されていってソーシャルネットワーク上の友人を

失い、LINEなどでつながる相手がいなくなるこれら、割とささやかな問題解決のために君島は奔走する。依頼主、というか、君島が保護しなければならない少女が、それを重大視しているからだ。

LINEや学校裏サイトなどで行われるネットいじめなどを、「コミュニケーション操作系のいじめ」と呼ぶことがある。

「コミュニケーション操作系のいじめ」はネット空間だけではなく、現実での、悪口や無視、風説の流布なども指す。具体的には、嘘を吹き込んだり、誰かと誰かの仲を悪くさせたりする行為などが行われることが多い。〈君島シリーズ〉は、サイバーセキュリティの問題を扱いながら、同時にそのようなコミュニケーション操作系暴力の、情報社会における増幅の問題を取り扱おうとしたミステリである。

実際、『絶望トレジャー』には、このような主人公の台詞がある。「おそらく……みのん（登場人物名、引用者註）を精神的に追い詰めるためなんだろうな。写真や住所、学校までさらされたら、犯罪被害に遭う可能性も上がる。ネットいじめに発展すると、やっかいだ。世界のあちこちでネットいじめで自殺するヤツがあとを絶たない。ネットで情報をさらされてなぶり者にされる苦痛はハンパじゃないんだ」（p23）

この君島の台詞は、そのまま、このシリーズが「何」と戦おうとする物語なのかのテーマ（の一端）を指し示している。君島は、それらのコミュニケーション操作系の暴力が引き起こす「被害」の捜査をする、いわばネット版の私立探偵である。法整備やコスト面などから、警察がそのような「コミュニケーション操作系」のネット犯罪にうまく対応できていないという、現代のネット社会に生きるものたちのフラストレーションが生み出したヒーローが、君島であるということもできる。

コミュニケーション操作系暴力時代の犯罪者

このような「コミュニケーション操作系暴力」の時代における名敵役とも言うべき存在が、フラワシである。『檻の中の少女』に、依頼主の妻として登場する品のいい老女が、このシリーズを通じて中心となる敵役である。

『檻の中の少女』のエピローグで明らかになるが、この老女は、嫁に入った家庭の中で非常に苦労し、恨みを溜め、自身の嫁いだ橋本家を破滅させることが生き甲斐になっている。

彼女は自殺幇助サイトである「ミトラス」に自身の（血のつながっていない）息子を入らせ、別人を装って、死に向けて誘導し、言葉によって自殺させている。そして『絶望トレジャー』では、孫娘や君島をインターネットなどを通して巧妙に操り、恋愛感情を発生させた上、孫娘を死にまで追いやっている。

因襲的な「家」の中のコミュニケーションの地獄から生まれ、インターネットの世界におけるコミュニケーション操作系の暴力を駆使することを学習するに至ったこの悪役こそ、本シリーズのひとつの肝である。これは、ミステリにおける特異なテーマであった「操り」の主題が、ネットにおいて大衆的に一般的なものとして感じられるようになったという変化とも無関係ではない。

この「操り」テーマは、小森健太朗が「『攻殻機動隊』とエラリイ・クイーン　あやつりテーマの交錯」で指摘したように、SFとミステリの共振する場所にある重要なテーマである(伊藤計劃の『ハーモニー』や『虐殺器官』も、広義の「操り」ものと見做しうる)。おそらく、自身の主体や思想、言葉や行動が、自分自身に由来しているとは思いにくくなったという情報＝主体環境の変動が背景にあると思われる。

フラワシが、コミュニケーション操作系暴力を駆使する犯罪の、個人的な側面を象徴するとしたら(夫や近隣住人、捜査関係者などを巧みに誘導する能力が非常に高いタイプの犯罪者は実際に存在している)、もうひとつの名悪役は、インターネットのサイトである。『檻の中の少女』では、自殺幇助サイト「ミトラス」、『サイバークライム　悪意のファネル』では、殺人販売サイト「ギデス」。『絶望トレジャー』では、「トレジャー」がそれに相当する。老女が一人いるだけでは事件は成立しない。媒介となるネットワークやサイトがあってこそ、コミュニケーション操作系の犯罪は成立する。

三作目のサブタイトルである「悪意のファネル」とは、悪意を増幅させる装置のことである。作品ごとに名称や仕組みは変わるが、基本的にはネットの持つ、悪意を増幅させる仕組みこそが、このシリーズのもう一人の「好敵手」である。スマホやネットで、遊び感覚で行う些細な行為などが増幅して、集まって、誘導し、水向けられて、人生を破壊したり、人を殺す結果にすらなる。それは、現在の匿名掲示板などで、日常的に起こっていることである。

しかし、そういう装置——具体的には、各個人の端末に入り込み、情報を収集するスパイウェアなど——は、NSA（アメリカ国家安全保障局）などが善用し、テロなどの監視をするのなら問題はないのかもしれない。たとえばサイバー犯罪を防ぐために、政府などが、ポリスウェアなどと呼ばれる監視システムを、国民の情報端末に埋め込むことは実際にある。その是非は、たとえばSF映画である『キャプテン・アメリカ／ウィンター・ソルジャー』や、SFアニメ『PSYCO-PASS サイコパス』などで、「良い監視社会」と、「悪い監視社会」の相克という主題系で描かれてきた。〈君島シリーズ〉でもまた、犯罪と倫理と国家のあり方が問題になり、作品の中で思想的な対決が行われている。

フラワシは、負の面を象徴する。「エドワード・スノーデンというひとりの男がNSAの監視活動を暴き、それは世界をゆるがす大スキャンダルとなった。スノーデンはひとりの力が肥大化した良い例だとすれば、フラワシは悪い例だ。橋本家の人間を根絶やしにするという目的のために（中略）世界に影響を与えた。いつの間にかオレたちが暮らしている世の中は、ひとりの人間の復讐のために社会全体がきしむくらいに脆弱になっていたってことだ」
（『絶望トレジャー』p264）

犯罪者は、個人と、ネットの装置とが融合したサイボーグのような存在である。暴力の内容は、記号や情報やコミュニケーションの操作である。これが〈君島シリーズ〉が新たに描こうとしている現在の犯罪である。

「サイバー空間はミステリを殺す」

そのような、なりすましやサイバー犯罪のテーマを描いていた一田の、実質的にサイバーミステリについてのマニフェストであり、ミステリ界への挑戦状である短編小説「サイバー空間はミステリを殺す」（『ジャーロ』54号）は大変興味深い作品である。本作と続編『公開法廷』は、まさにポスト・トゥルースと架空法廷と民主主義の問題系にダイレクトに踏み込んだ作品だからだ。第一章で述べたような作品群と、サイバーミステリとの、戦略の違いも明確に意識し、宣言されている。

「いまや、カビのはえたミステリに固執した挙げ句に現実離れした謎解きや、小手先の叙述トリック、泥臭い警察小説しか生き延びていない。トリックとプロットの借り物競走は、もうたくさんだ。サイバー空間では、世界中の諜報機関、警察、軍部、軍需企業が血眼になって罠を張り、トリックを作り、互いに謎解きを競っている。作り物のミステリなど足下にも及ばないリアルミステリの世界がそこにある」（p185）

ここで語られているのは、畸形的かつ末端肥大的に進化を遂げ（念のために言っておくと、私自身はそれをネガティヴな評価であるとは考えていない）、かつ、枯渇状態にあるミステリ界に対する挑発と提言である。読者と作者のゲームであることに固執していてはいけない。サイバー空間では、ミステリ小説よりも面白い騙し合い、意外な真相、推理などがある。ただし、そこで起きていることは、ミステリファンが理解できるようなロジックではない。内容面で枯渇しているミステリが、現代の「リアル」に近づく（同時代に生きている人に、共感しながらのめりこんで内容を読んでもらう）ためには、この現実で行われているサイバー空間での「リアルミステリ」を描くべきではないのか。そのように言おうとしていると解釈できる。

具体的な内容については、後述するが、ネットの炎上を利用した犯罪を行う犯人と、探偵役の君島の会話は興味深い。

探偵役の、君島は言う。

「あんたみたいなヤツを見ると、昔の推理小説はよかったって思うよ。だって、事件も犯人も探偵もフェイクじゃなかった。あんたときたら全部フェイクで固めてやがる」（p32）

これに対して、犯人の古谷野は言う。

「違いますよ、君島さん、ミステリというのは、作者が読者をいかにうまく騙すかというゲームなんです。（中略）リアルの世界に構築されたサイバーミステリ生成装置『退屈な全能者』が作り物のミステリを殺すんです。サイバー空間が日常生活に融合し、確率論的犯罪と確率論的推理が可能になった段階で決定論的探偵は用済みになったんですよ。もはや犯人が誰かなんて重要じゃない。素敵な物語を紡ぎ出す装置があればいいんです。だから物語を作るために殺人を犯す人間だって出てくるんだ」（p32-33、傍点引用者）

この犯人は、「退屈な全能者」というサイトを作っている。「退屈な全能者」というサイトは、警察が解決できなかった未解決事件についての推理を掲載するサイトで、ネット上で人気があり、その推理をもとにして私刑なども行われる。いわば、第一章で論じてきた炎上や、ネット上での人民裁判そのものの象徴と言ってよい。「サイバー空間はミステリを殺す」は、悪意を持ってそのようなサイトを作り、炎上や私的制裁を誘導する暴力・犯罪を犯す犯人と、それを止めようとする警察と民間の探偵（サイバーコンサルタント）の物語である。この作品はポスト・トゥルースや炎上時代に対する強い批評性を帯びている。

超可能犯罪――確率論的犯罪

具体的に、「退屈な全能者」というサイトは、どのように描かれているのか。

「『退屈な全能者』は真相を明らかにし、犯人を特定してもその実名は挙げなかったが、推理の過程や犯人の条件から犯行現場の地元の人々には誰だかわかってしまう。そうなると、いわゆる『祭り』の状態になり、犯人の実名から顔写真、家族構成、学校や勤務先までネットに晒され、挙げ句の果ては子供ならいじめ、大人なら停職あるいは退職を勧告されるまでにエスカレートする」(p14)。

これは現実のインターネットでもよく観察される事態である。「退屈な全能者」は、明らかに現実のインターネットをモデルにしている。

このサイトに犯人かもしれないという「推理」が掲載されると、「真犯人とされた人物を誹謗中傷しても危険なことはなにもない。好きなだけ安心して叩ける。そう誤った理解をした者も少なくなかった」(p14)。これも、現実のネット上で杜撰な「推理」が行われたあとに、よく起きることである。実際、物理的な被害が生じる事件にまで発展するケースもある。この作品の中では「A」という人物が殺人犯であるとの推理がサイトに掲載されると、「学校に来られないAの机から勝手に持ち物を盗み出して」(p22) ばらまかれたり、「証拠のねつ造」がエスカレートしていく。

このサイトは、以下のような仕組みになっている。まず「ソーシャルネットワークおよびインターネット上の情報を包括的に収集、分析できる監視システムを開発した」(p30–31)。そしてそれをベースにした「真相を明らかにして犯人を見つけるシステムじゃなく、動機を設定するとその動機に見合う未解決事件と、犯行可能な人物を見つけ出すシステム」(p31)である。ネット上のプロフィールなどから、センセーショナルで、ありえると思えるような「素敵な物語」を作り出し、後にそれに合う未解決事件を宛がうことで、冤罪を作り出し、リンチさせるシステムである。「確率論的推理」とは、このようなシステムが自動的に行う「推理」のことであり、悪意的に利用されればただの冤罪製造マシーンに過ぎない。「確率論的推理」がただ善なるものであるとはされていないところに注目すべきだろう。

では、「確率論的犯罪」とは何か。実はこの「退屈な全能者」では、物的証拠が出てくることもある。「真犯人」が、推理で名指されて冤罪を押し付けられた者に罪を擦り付けるために、物的証拠を持ってきて、冤罪の犠牲者の近くに置いていくからだ。かくしてこのシステムは、真犯人が罪を逃れるための装置として機能する。それだけではない。「退屈な全能者」は、事件が起きる確率を高めることで犯罪に寄与する。具体的には、二つの方向から。まず、ネット上で、発覚しないで犯罪ができる場所・時間・状況などが共有されていく。次に、「退屈な全能者」がその未解決事件に捏造の推理を当てれば、偽の犯人がでっちあげられる。かくして、犯罪者たちがそれを実行しやすくする環境を提供する(発覚しにくく、罪を押しつけられる相手がいるという情報を提供することで、犯罪を起こしやすくする）。これを「確率論的犯罪」と呼んでいる。このような、他の人間に犯罪をしやすくする可能性を提供するタイプの犯罪は、作中の言葉で不可能犯罪ならぬ、「超可能犯罪」と呼ばれている。「環境の提供」それ自体は現行の法律では罪に問いにくい。だが、そこには悪意も暴力もある。この小説は、そこを問題視している。非合法な手段も用いるサイバーセキュリティのコンサルタントが探偵役でなければならない理由は、現行法の穴を突いた「悪」に対抗するためである。

このような事件は、実際に存在している。たとえば精神的に疾患がある人間に誤った情報などを与え続け、犯罪行為を行うように誘導する事態は実際に存在している。誘導した人間は、いわば犯罪が起きる確率を高める作業をしているのだが、現行の法律では罪に問いにくい。巧妙な「操り」が、現実の世界でも起こっているのだ。詳しく知りたければ、「恒心教徒」「ハセカラ騒動」などで検索して欲しい。胸糞が悪くなるような事件の数々を知ることができる。

民間人の探偵が私刑を行うのであれば、ネット上の炎上などと何が違うのか。そこにこそ、倫理が関わる。――が、その論点に入る前に、本作の場合は、もう少しヘイクラフトの議論のひきつけた読解が可能そうである。サイバーセキュリティのコンサルタント（いい加減くどいので以下「探偵」と呼ぶが）である君島に依頼するのは、警察である。警察が依頼するのは、司法制度の根幹が揺らいでしまう危機感を覚えているからだ。

e-punishmentと探偵と警察権力と

探偵は、「法律を破っている相手に対して、律儀に法律を守っていては対抗できないことも少なくない」（p23）ので、「やむをえず違法な調査を行」（p23）うこともある。サイバーセキュリティのコンサルタントとは、現行の法律の中で警察・司法が対応できない問題に対応するための、炎上＝人民裁判とは異なる存在である。

探偵役の君島は、違法な捜査を行っていた弱みを、警察庁の吉沢に握られている。吉沢が、事件の解決を依頼する。警察庁の側のロジックはこのようなものだ。

「ネット上での過剰な社会的制裁が行われるようになっており、さらにエスカレートする危険があります。ネットの上で勝手に捜査、裁判、刑の執行まで行われては治安は崩壊します」（p23）

ネット上のリンチは、e-punishmentと呼ばれる。「e-punishmentはネットいじめやリンチにつながりかねない危険をはらんでいる。リアルの世界なら司法機関が無実であるのかどうかを判断するが、ネットの世界にはそのような司法機関はない。いったん火がついてしまったら、またたく間に広がり、抑えが利かなくなることも珍しくない。サイバー空間への依存度が高まっている時代において、ネットで追い詰められることは死刑判決にも等しい。やがて本物の司法機関より e-punishment を恐れる人間の方が多くなるかもしれない。警察が畏れをいだくのも道理だ」(p25)とは、君島の感想である。

本作が、ヘイクラフトの言う「探偵小説＝市民社会文学」の図式が通用しなくなってしまった現代におけるミステリのあり方を模索する作品であるという明白な証拠がここにある。警察―司法機関と、炎上＝架空法廷の二重状態における、捜査と制裁の問題を扱っているということにおいて、一田和樹の作品は、正当に探偵小説を受け継いでいる。その探偵もまた絶妙に民間－警察の微妙な関係性の中におり、民間で独立した自由人であるという強い意識を持ちながらも、警察権力の代理としても動かされている二重の存在である。

探偵役である君島は、デビュー作『檻の中の少女』で登場し、いくつもの作品で主人公を演じる。彼は、違法な行為をするし、自由を志向するがゆえに逸脱もするが、基本的には善人である。一方、吉沢は、警察や権力の側にいるが、本当に善人なのかどうかは怪しい。吉沢もまた作品をまたいで登場する。君島と吉沢は、時に手を組む。この両者のあり方が象徴する倫理的・思想的ジレンマの検討が、一田の一連の作品において重要なモチーフにもなっている。

ネット上の犯罪者／炎上＝架空法廷／君島／吉沢の四者は、違法なこともするし暴力も用いるという点では似ている。そのような逸脱を抱えながらも「正しい」ことをするにはどうするのか――「正しい」という思い込みこそが暴力を生みかねない環境の中で――が、シリーズの潜在的な倫理的問いである。

〈君島シリーズ〉の主人公である、サイバーセキュリティのコンサルタント・君島については、後述する。今は、「サイバー空間はミステリを殺す」の続編である『公開法廷』で、より発展して描かれる「炎上＝私刑」と「司法」と「国家」とが結びついた事態を見ていく。その検討によりヘイクラフトの「探偵小説＝市民社会文学論」が一田によってどのように更新されているのかが具体的に理解できるだろう。

『公開法廷』――真実の死んだ時代、トロールが真実を作る時代

『公開法廷』は、「投票権を持つ全国民が陪審員となる裁判」（p6）を司法が取り入れた架空の近未来日本を舞台にした小説である。一言で言えば、「炎上＝私的制裁」が、政府による司法に変わってしまった未来を描く小説である。その世界の中では、当然、民主主義も大きく変わってしまっている。

ヘイクラフト流に言えば、ネット上の炎上や私的制裁を国家が全面的に取り入れ、ネット

上に帰属していた「われわれ」意識を政府の側に取り入れた未来を描いたシミュレーション小説だと言える。

この作品における「公開法廷」のシステムは、「サイバー空間はミステリを殺す」における「退屈な全能者」から発展したものとして設定されている。犯人を捕まえた吉沢がスカウトし、このような仕組みを構築させたのだ。

この裁判では、「証拠」も「論理」もあまり重要ではない。基本的に人気投票に過ぎない。それらしく見えればいい。多数決で犯人であると決められてしまう。ネットで人気の人物が発言すれば、それだけでもっともらしく見える。扇情的な「物語」が感情を動員すればいい。SNSを使って世論誘導をしてもいい。実際、人工知能を使って誘導などが行われている。

大多数は、冤罪の問題も、「証拠」や「論理」や「真実」の問題も考えていない。作中人物は、このように言う。「公開法廷はポスト真実時代の司法とも言える」「公開法廷は魔女裁判にも近い」(p53)「真相よりも真相らしいものが大事なのさ。それがしの見る限り、ある時点から世の中は真実ではなく、真実らしい印象を与えるもので代替するようになっていた。警察の捜査も推理小説もそうだ。まさにポスト真実の時代だ」(p100)

これに対し、主人公の大学院生・麻紀子は、このように思う。「印象操作であらゆるものが決まるなんて怖いとしか思えない。公平で論理的な方法で法律が運用されているからこそ、やってはいけないこととやってよいことがはっきりわかる」(p101、傍点引用者)。筆者もそれに賛同するが、作中の大半の国民はそうは思っていないようであるし、現実の日本におけるネットなどで観察される世論などを見ても、そのように思っていないのではないかと危惧せざるをえない。主人公である麻紀子は、この「公開法廷」がまかり通るポスト真実の世界に対し、近代的な、論理や証拠があるべきだという価値観を持ち違和感を抱き続ける「異物」として存在している。彼女はこう思う。「自分の考え方が古いのかもしれない。ほとんどの人はなんの疑問も持っていないのだ。／ひどくエンターテインメントな悪夢のディストピアだなと麻紀子はひとりごちる。そして、これをディストピアと思わない人間の方が多数派で、自分は反社会的な危険分子なのかもしれない。多くの人間はこれを中立公正な司法制度だと考えているのだ」(p113)

そのような司法が、民主主義の根幹を揺らがしていく。

「そもそもこれはポスト真実の話でもあるんだからね。もう少し踏み込んで考えてみよう。民主主義というものが多数決を基本にしているのであれば、全国民を陪審員にして裁判してもいいはずだというのが公開法廷が生まれた背景だ。そもそも法律は国民が投票して選んだ国会議員が作っている。そういう意味では、司法も投票で決まるようになってもいい」(p101)

「公開法廷」のシステムは、吉沢らが作り、運用しているものである。犯人や動機やストーリーをでっちあげる作業は人工知能が行う。ＳＮＳなどを通じて収集したビッグデータを元に、ウケそうな「物語」を作り、人々の感情を煽りやすくなる言葉や抑揚や身振りを計算して演じさせる。それだけではなく、無数のボットやトロール（人間が主導で世論操作をするもの）にアカウントを運営させ、SNS上の世論に介入し、自分の望む世論を作り出す。

これはもちろんフィクションであるが、ある部分までは現実に対応する事例がある。キーワードをつなげて人々の聞きたい「物語」を提供し、感情を煽ってPV数を稼ぐのは、フェイクニュースやまとめサイトの常套手段になっている。「在日」がどうした、「特権」がどうした、オタクが差別されているなど、既にある思い込みをなぞるような特定の情動を刺激する内容を書けば、人々はすぐに飛びつく。そして内容を吟味などしない。かくして「在日特権デマ」などの、深刻な差別が世の中には蔓延していった（安田浩一『ネットと愛国』、野間易通『「在日特権」の虚構』など参照）。ここでは、人間の脳が判断をする際の脆弱性がおそらくは突かれている。

トレンドマイクロ社による「トレンドマイクロセキュリティブログ」では、フェイクニュースに騙されないようにするために、以下の点に注意するように述べられている。

・興味を引くための誇張された記事見出し
・正規ニュースメディアを詐称する不審なWebサイトのドメイン
・記事内のスペルミスや不自然なレイアウト
・加工、修正された写真や画像

・公開日情報、著者、情報源、データなどのあるべき情報が欠如している

「人は一般的に、自分の期待や信念と合致しない情報は信用せず、信念に合う情報や自分に都合の良い情報などを信じやすい傾向があります。「フェイクニュース」攻撃者は、まさにこのような一般大衆の傾向を利用して意見の誘導を行います」（岡本勝之「「フェイクニュース」を見破るためには？」 http://blog.trendmicro.co.jp/archives/15789　二〇一七年一一月二六日取得）。

一田が『公開法廷』で誇張して描いたのは、このようなフェイクニュースの持つ「信じさせるためのテクニック」であり、それに影響される人々である。そして、その傾向がこのまま続いた場合、国家がどうなるのかについての警告が『公開法廷』である。

ＳＮＳの分析も、現実に対応する例が無数にある。たとえばその一つとして、アメリカのゼロフォックス社が、ＳＮＳを分析したデータをボルチモア市に販売し、暴動などの対策を行っていたことが明らかになっている。自民党がＳＮＳ分析を利用していたことは既に記した。

世論操作への介入であるが、フェイクニュースの一部はロシア産であることが報じられている。二〇一六年のアメリカ大統領選に対するロシアの世論操作疑惑が大きく報道されており、それは「ロシアゲート事件」と呼ばれている。まだ全容は解明されていないが、アメリ

カの議会はロシアの関与を断定している。ワシントンポスト紙によると、YouTube、Gmail、フェイスブックの広告などを通じて虚偽情報を拡散する工作が行われていたという。SNSでは、ボット（人工知能）やトロールが投入されていたという報告もある。

確かに、SNSを通じた世論誘導は違法ではないし、とても安価に可能であるから、利用されるのは自然である。トレンドマイクロ社のブログは、世論誘導にかかる費用まで計算している。

昨今のITの発達を最大限に取り入れた最新のサイバープロパガンダ手法である「Fake News（フェイクニュース）」ですが、攻撃者にとっては非常に効果的かつ比較的安価な世論操作手法となっていることがトレンドマイクロの調査からわかりました（中略）「フェイクニュース」は世論を操作し実社会に影響を与える手段として、攻撃者にとっては「費用対効果」の高い手法となっています。このことから、さまざまな「フェイクニュース」キャンペーンがより頻繁に発生するようになることが予想されます。

（岡本勝之「安価に可能な世論操作、「フェイクニュース」の価格相場は？」http://blog.trendmicro.co.jp/archives/15778　二〇一七年一一月二六日取得）

これはSFでもないし、陰謀論でもなく、紛れもなく現実に起こっていることだとされている。少なくとも、信用できる複数のメディアなどが、それが起こっているのだと報道している(その報道が真実なのかどうかまでは、原理的な問題として、私自身が確認するのは困難であるが)。

ポスト・トゥルース時代の政治

『公開法廷』の作品世界は、「炎上＝架空法廷」が猛威を振るう状況を、国民が投票する司法制度にまで拡大させ、世論操作の技術を政府が用いるようになる状況を描いていた。「真実」「論理」「公正」ではなく、「情動」「デマ」「面白」の原理を重視する価値観を持つ人々が、ネット環境との相互作用などによって増大していけば——おそらく、それがポスト・トゥルース時代を構成する人々のメンタリティなのだが——このような事態が訪れる。真実かどうかに関心がなくなればフェイクニュースでも構わないわけであるし、公正に重きを置かなくなるのなら世論操作に特に問題はない。

このようなネット上の「架空法廷」のロジックが、政治のロジックに結びつくというSF的な設定は、必ずしも荒唐無稽な夢想ではない。カナダ在住の一田は、トランプ大統領が誕生したアメリカ大統領選に大きな関心を持ち、そこで行われていることを根拠にして、現実に起こりうる未来を外挿法として描き、私たちに警告していると思われる。

池田純一は、二〇一六年のアメリカ大統領選についての書籍を『〈ポスト・トゥルース〉アメリカの誕生　ウェブにハックされた大統領選』と題して刊行している。そこに記されている二〇一六年のアメリカ大統領選の特異性とは、これまでの「政治」のロジックの外部にあったものを取り入れた者の勝利にあるという。

徹頭徹尾、事件は「場外」で起こっていたのである。政治家の「外」で、マスメディアの「外」で、アメリカの「外」で……。そして、この「一連の外部」の動きを刺激し先導するものの背後にあったのがＩＴでありウェブであった。

政治の外にある経営ないしはビジネスのロジック、イノベーションのロジック、マスメディアの外にあるソーシャルメディアの「虚実ないまぜでごった煮」のロジック、アメリカ国外からのハッキングによる選挙活動への意図的干渉を促すロジック、等々。

（p6―7）

インターネットやＳＮＳ上での人々のロジックや感性は、少なくともアメリカにおいては、それまで当選すると思われていなかった大統領を誕生させたと見做されている。これらの事態への分析を根拠にして、政府がネット的な人々のロジックや感性に迎合していく事態を想定し、一田の小説は書かれている。

その前提の上で、作品の結末に近い部分の対決を見ていこう。

「冤罪を作ってはならない」という価値観を持つ、「探偵小説」的価値観を代表する麻紀子らと、「公開法廷」を運営する「ポスト・トゥルース」的価値観を代表する吉沢との議論は、問題の焦点が実に明確になっている。

「だからといって冤罪を作っていいことにはならない」(p286)との意見に対し、吉沢は言う。「真犯人なんか必要ないんです。真犯人とみんなが思う人を作り出せばいい。そっちの方がずっと簡単でしょう？　利口な真犯人はほんとにうまく痕跡を隠すでしょう？　それをひっくり返すよりはバカな人やいなくなると都合のいい人に真犯人になってもらった方がずっと効率がいいし、社会のためになる。これまでだって、これからだって、為政者とより多くの人々が喜ぶものが〝真実〟になるんです。実際起きたことがどうだったかなんて気に留める人はいなくなります」(p287)

それに対し、「真実は常にひとつ」(p287)で、「犯罪が起きた時に真犯人を見つけ」(p287)るべきだと主張する麻紀子。だが、吉沢は笑う。

「公平で安全な社会なんてしょせん幻想ですよ」(p287)と。

対抗的知識人と、対抗的技術人——二重化する実践倫理

『公開法廷』を、先述の図式に当てはめるとどうなるだろうか。

探偵小説	**論理・証拠・公正**	**司法・警察**	**民主主義**
現代日本のミステリ	**情動・デマ・面白**	**炎上・私刑**	**？**

この図式において、『公開法廷』は、前者と後者の対決そのものが構造化された作品であると言える。後者の傾向を批判するためにこそ、ＳＦでいう外挿法（今ある事態をより誇張した未来を描くことで、現状の問題を気づかせる）の技法が用いられている。「公正」「論理」を求めるという倫理感としては前者の「探偵小説」「市民社会」的な価値観を持っているのだが、ネット社会においてはそのまま「探偵」「論理」「市民」などが成立できるわけでもないので、サイバー空間やサイバー犯罪に固有の方法に置き換えざるをえなくなっている。

実践倫理の立場から『公開法廷』を見るとどうなるのか。

ポスト・トゥルース時代に立ち向かう方法は、本作の中では二重化している。ひとつは、主人公の麻紀子が体現する、「論理」「証拠」「公正」を重視するという「価値観」による抵抗。しかし、この方法だけでは相手に敗北する。このような価値観を持つ人々を庇護するた

めにこそ、「技術」による対抗を行う様が描かれている。

前者を古めかしいことばで言えば、対抗的知識人、批判的知識人の立場である。それに呼応させて言うなら、技術を用いて不正に対抗する人々を、**対抗的技術人、批判的技術人**と名づけてもいいのかもしれない。**倫理や思想だけでもダメ、技術だけでもダメ、その両者がなければ、ポスト・トゥルース時代には対抗できない**という実践倫理の立場が、一田和樹のサイバーミステリには示されている。

二　主体の変容と、世俗化の戦略

「個」の単位の変容

ヴァルター・ベンヤミンは、一九三八年発表した「ボードレールにおける第二帝政期のパリ」で、匿名的な「群集」に溢れた都市を歩く「遊民」（フラヌール）を、探偵と重ねて考察した。都市生活という新しい環境によって生まれた新しい文学として探偵小説を理解するその論の閃きには触発される部分がある。

試みに、ベンヤミンのこの図式と対比させる形で、サイバーミステリについて考えてみたい。

探偵小説は「都市」という新しい環境の中に生きる人々のリアリティや欲望に対応している文学だが、サイバーミステリは「ネット」という新しい環境に生きる人々のリアリティや欲望に対応している文学である。都市には「群集」がいるが、ネットの世界には「匿名」がいる。どちらも、近代以前のような顔見知りの関係からは切り離された「匿名性」の解放感と自由を享受できるが、物理的な身体を伴い現実空間に位置を占めている前者と、オンライン上に仮想的に構築されるデータや言葉の集まりである後者とは、大きな差がある。

都市における、身体を伴い空間を共有する「群集」と、ネット上でデータや言葉のみで集団化する「匿名」の差異は、作品の内容に影響を及ぼさざるをえない。

個人と分人

主体の問題が重要なのは、民主主義が、「個」が理性的に思考し判断することを前提とした制度だからである。「個」が、いわゆる「近代的自我」や「近代的人間」として想定されていたものとは異なったものになっているのだとしたら、当然、民主主義は違う形になってしまうと考えられる。

現在起こっている民主主義の危機は、「個」が新しい時代やメディアによって違う形になっていることがそのひとつの要因だと考えられる。サイバーミステリは、必然的に、その可能性を検討していくことになる。

一個人に一票が与えられていることからも明らかな通り、民主主義というのは「個人」を大前提とする。個人とは英語で individual、「分けることが出来ない」単位を意味する。しかし、最近では平野啓一郎が『私とは何か』で唱えた「分人」dividualのように、分割可能なものとして主体を捉える認識が現れてきている。

平野の考える新しい主体のあり方の着想元の一端は、インターネットにあるようだ。「ネットが更に普及するにつれて、その後も何度かこういうことがあった。ミクシィの日記でも、ツイッターでも、現実に私が知っている姿と、ネットの中の姿とは必ずしも合致しない」(p31)。

この「分人」概念は、インターネットによって可能になった複数の人格の使い分けであったり、匿名であったり、あるいはこれまでとは量的に圧倒的に多い不特定多数と接しなければいけないという条件であったりに起因する、主体像の変化から導き出されてきたもののように思われる。インターネットを日常的に用いているならば、このことは実感として理解できるのではないだろうか。

近代は、基本的に「個」が前提となっている。法的責任を負う主体としての「個」があやふやになれば、責任や倫理や刑罰なども曖昧になってしまう。現状は、「個」の単位が再編成されていくことに応じて、責任や倫理などの考えも移り変わっているのかもしれない。そのように、個や主体のあり方が動揺する時期において論理的思考の変化もまた、その変化の一部として生じているのだろう。

〈君島シリーズ〉に描かれる「主体」

では、一田の描く「主体」はどのようなものか。結論から言うと、「匿名」状態と「人間」状態に揺れながら存在している。作中では、両者が描かれ、対決する。主人公側は「人間」に留まることが選択されることが多いが、「人間」を超えた「ポストヒューマン」になり、互いに接続される「匿名」状態を選ぶ人々も多く書かれる。

たとえば、〈君島シリーズ〉第二作『サイバーテロ　漂流少女』には、「平坦主義者」と呼ばれるハクティヴィスト集団が描かれる。作中で、ハクティヴィストたちは、神山健治監督『攻殻機動隊 STAND ALONE COMPLEX』に登場する「個別の11人」に喩えられて説明される。「『個別の11人』というのは、日本のアニメ『攻殻機動隊』に出てくる国を憂うる集団だ。特に誰かが組織化したわけでもなく自然発生的に集まったテロリストの呼称だ」(p18)。「平坦主義者」たちも、『攻殻機動隊 STAND ALONE COMPLEX』における「個」ではなくなった主体のイメージを受け継いで描写されているように思う。これが一田の考える現在のポスト・ヒューマン的主体のあり方である。

〈君島シリーズ〉第五作は、「フラワシ」の名前を多くの人間が受け継ぎ、使うような展開になることが、四作目『絶望トレジャー』の結末で示唆されている。ガイ・フォークスの仮面を被り、「アノニマス」を名乗ることで、個を失うハクティヴィストのように。

個を失った人々が、コミュニケーション操作系の暴力を巧妙に行う人間たちや装置などに操作され、あるいは操作し、人間を誘導するように作られたシステム——個人が作ったものもあれば、テロ組織や軍や政府が作ったものもある——の中で、複雑に多重に流動的に動き合っている。その中で、どのように「正義」をなすのか。「真実」「事実」を認識するのか。「主体」や「責任」をどう考えるのか。

『公開法廷』はその問題に向き合いネガティヴな側面を描いたが、〈君島シリーズ〉四作目では、ロマンチックに個が消失し一体化するようなビジョンも見え隠れしていた。完結が予定されていた五作目が完成されておらず、四作目で中断していることは、この問題と関係があるのかもしれない。

人間が匿名になり、ネットの世界で接続され、集団的な存在になるという、ユングの集団的無意識的なロマン主義の夢は、世俗化・現実化した場合、ネットで人をリンチするだけに帰結した。匿名ゆえに責任を取らずに済むことが悪用される。集合的無意識のような神秘的な存在になることはなく、人を叩く「祭り」「炎上」に参加することで一時的な一体感の錯覚を得るだけに過ぎない（炎上を行う人々がネット右翼と接近していると言う指摘が安田浩一の『ネット私刑』にあるが、確実な証拠は発見できなかった。もし仮に共通性があるとすれば、個であることに耐え切れず、集団的な何かに自我を溶けさせたいという願望や動機の部分なのかもしれない）。

改めて図式化すると、このようになる。

民主主義　　　個人　書物　理性　論理　司法・警察
ネット・ファシズム　匿名　ネット　情動　妄想　炎上・私刑

一田の作品は、前者と後者の衝突、葛藤を描くものである。作品ごとに比重が少しずつ変わっていく。後者を魅力的に（ロマン主義的に）描くときもあるが、基本的には前者の価値を擁護しようとする姿勢が前面に出ることが多い。とはいえ、小説というのは、「正しい」ことを提示しているから面白いというわけではない。むしろ、この二つの衝突と葛藤のダイナミズムこそが、一田の作品の魅力とスリリングさを生み出していると考えるべきだろう。

笠井潔「大量死＝大量生理論」の観点から

〈君島シリーズ〉の中で一田が検討していたと思しき新しい「主体」のあり方について、笠井潔が『探偵小説論』連作で展開した「大量死＝大量生理論」を参照項としながら、確認してみよう。

「大量死＝大量生理論」を私が理解しているなりに要約すると、以下のようになる。第一次世界大戦における戦車や毒ガスなどにおける「大量死」を人類は経験し、人間が単なるモノとして大量に死ぬというリアリティを知ってしまった。それ以前のような「人間」ではなくなってしまった。その自覚を持ちつつも、失われてしまった「人間」を取り戻したいという潜在的な願望がミステリの生長と関係している。ミステリとは、死体をトリックを成立させるための道具として扱うことと、単なる「数字」のような死しかないはずの「人間」の死を重要な出来事として扱うことによって、死と生に「意味」と「尊厳」を回復させる「秘儀《mystery》」の側面が重なるジャンルである。ミステリが第一次世界大戦以降に発展したのは、そのような「人間」「主体」のあり方についての理解のモデルの変容に関係している。

「探偵小説は死者に、二重の光輪を意図的に授けようとする。探偵小説の被害者は、機関銃で泥人形さながらに撃ち倒された塹壕の死者とは比較にならないほど、栄光ある特権的な存在である。なぜなら犯人は、狡知をつくして犯行計画を練りあげ、それを周到に実行するのだから。探偵小説における死者は、大量死をとげた戦場の死者とは異なる固有の死者、意味ある死者、ようするに名前のある死者である。／しかも、犯人が死者に与えた第一の光輪に加えて、さらに探偵は事件の被害者に、第二の光輪をもたらす。狡知をつくした犯罪の真相を、探偵が精緻きわまりない推理で暴露する結末において、被害者の存在はさらに特権化されるのだ」（『探偵小説論Ⅱ』p25-26）

これと比較して、〈君島シリーズ〉の特徴を以下のように言うことができる。登場人物たち、特に平坦主義者たちは「匿名」である状態を拒んで「人間」になろうとするのではなく、むしろ、自ら匿名になろうとしている。匿名になって、取り替え可能な存在として何かの犯罪の一部などを担おうとしているのだ。

一田の描く作品世界の「若者」(新しい主体?)たちは、死に対して冷淡である。自殺志願者と契約してお金をもらうシステムの「ミトラス」の加入者たちも、相手が実際に自殺してしまっていることへの罪の意識は希薄だし、人身売買の組織に友人を売ってしまう女子大生たちの感覚も、非常に軽い。自身の生も、他人の生も、固有の特権的なものではなく、むしろ匿名になることを好み、死すらもモニタの中の出来事として「平坦」に感じる主体の感覚。

第一次世界大戦や第二次世界大戦の死者たちは、徴兵されるか志願するかで、戦場という極限の中で、固有性の喪失を体験したはずだった。しかし、現在では、別に戦場に行ってもいないのに、一見平和な日常の中で、自ら「匿名」になり、固有性を喪失することを望んでいる。

この差を理解するためには、「平坦主義者」というネーミングが、岡崎京子の『リバーズ・エッジ』に登場するウィリアム・ギブスンの詩「平坦な戦場」という言葉から採られていることを思い起こせばいいのかもしれない。つまり、一田の理解では、「平和」と呼ばれているこの世界も、恒常的な「戦争」であり、人々はその中で生きているのだ（そのような認識を示す発言は、一田の小説作品や論説文の中に多く見つけることができる）。

笠井の理論を応用するとするなら、「（サイバー）戦争」の時代に応じた主体に人々は変容していると考えられる。一田の描く「匿名」たちは、そのような見えない戦争の時代に対応した新しい「人間」像であるのかもしれない。

その像は、「個別の11人」のようなポジティヴなところもある義賊的なハクティヴィストの匿名性のイメージから、人々を炎上させ楽しむ嗜虐的な匿名のネガティヴな像へと揺れ動き、変化していった。

彼らは、自身の生に「意味」を回復させようとしているか？　それはよくわからない。そのような「意味」「人間」への希求自体が存在していない、というようにも見えるし、ネットで接続して「一体になる」という夢によって全体性を回復させようとしているようにも、炎上という現代の「魔女狩り」という儀式によって生の意味を手に入れようとしている、とも言えるのかもしれない。そのような共通点は指摘できるが、世界大戦や死体のような身体的な生々しさがより後退し、情報や記号に比重を置くような世界観・死生観・生命観に移行しているという差は重大である。

現在の「生」「主体」のありようをどのように捉えるか。それは、繰り返しになるが、民主主義の基本単位となるべきものの変容を考察することに直結する。自己を人形や機械と等しいと感じている者には、人権やヒューマニズムは根拠を失って感じられるだろう。「論理」や「事実」や「公正」を尊重するべきか否かは、さらにより根本的な価値観に依存する。現実感、自己観、世界観などの基礎的な感性・認識が異なってしまっているのならば、そもそもなぜ「論理」「事実」「公正」が重要なのかの理解を共有することも困難であるに違いない。

ポスト・トゥルースを、単にデマが蔓延るとか、真偽が曖昧になるという平板な理解をしてはいけない。人間のあり方、世界認識の仕方が変化していると考えるべきだ。そして、民主主義の危機も、この次元にまで降りて思索しなくてはならない。ミステリを含む文学（純文学という意味ではなく、言葉を用いて内面や感情や思考を伝える表現メディア）の優位性は、人間の主体の変化にまで踏み込み、思索し、表現を行いえるというところにある。主体や自己の変容を無視したポスト・トゥルース論や、民主主義論は、基礎のないものになりかねない。私たちはさらに、作品を通じた探求を続けよう。

サイバー描写の世俗化

一田は、神秘主義的でロマン主義的に描かれがちであったサイバースペースやそれに接続された主体を、徹底して世俗的に矮小なものとして描いている。その描き方を「サイバー描写の世俗化」と呼ぼう。

この描き方自体が、ポスト・トゥルースの時代に抗しているのだと思われる。

一田の書くサイバーミステリは、「リアルしばり」の条件をつけることが多い。この「リアルしばり」は、ネット世界をロマン的なビジョンから「世俗化」して描くことに帰結する。たとえば、わかりやすい例で言えば、サイバースペースを「0010101010」が飛び交う異世界なりフロンティアなりとしては描かないということである。一九九九年の『マトリックス』での、キリスト教などの用語を散りばめた神秘主義的で神話的なサイバースペース描写と比較してもらえば、一田の描き方が現実的であり世俗的であることは、容易に伝わるのではないか。

ポストヒューマン幻想のネガティブな帰結（ネット犯罪、炎上、リンチなど）を描くことも、「サイバー描写の世俗化」である。ネット空間、主体の描き方（表象）においても、一田はポスト・トゥルースの時代に抗しようという姿勢は示されている。

技術的な知識がない人間（その中には、私も含む）にとって、技術はブラックボックスのように思われ、感性的レベルでは「魔法」のように感じられる。たとえば、メディアアーティストの落合陽一が『魔法の世紀』という言葉で示そうとしているのは、メディアテクノロジーを、中身を知ることなく「魔法」のように感じ使うことが当たり前になっている人々の感性である。

科学技術に対する大衆的想像力を観察していると、理解できない技術に出くわしたとき、人間の脳は、勝手に何かを投影して理解してしまう傾向があるのではないかと思わざるをえない。

詳しくは第五章で確認するが、インターネットやコンピュータの世界を「夢の論理」「無意識」のメタファーで捉える論調がゼロ年代には流行していた。ゼロ年代のその論調がポスト・トゥルース時代を準備した部分は、あるのかもしれない。

サイバーミステリは、そのようなコンピュータやインターネットの理解を批判し、別種の描き方をする。「夢の論理」や「無意識」を投影した神秘化を徹底して避けている。「神秘」的に描かれがちなインターネットやコンピュータの描き方を世俗化させるサイバーミステリの営みには、前の時代に対する反省・批判という側面がある。

インターネットが「夢の論理」的にイメージされすぎたことには大きな問題があった。私たちはその反動として、一〇年代におけるポスト・トゥルースや妄想的なデマや情動的な政治の悪夢を、二日酔いのように経験している。ネットにみたロマンチックで狂騒的な夢を冷ますために、水を掛ける。それが「世俗化の戦略」である。

『攻殻機動隊』と『攻殻機動隊ARISE』

このような「サイバー描写の世俗化」は、サイバーミステリと多くの主題を共有していると思われるSFアニメ『攻殻機動隊ARISE』においても見受けられる。興味深い例なので、ここで紹介し、比較を行いたい。

恥ずかしながら、多くの人と同じように、私もインターネットに夢を見てきた。押井守が『攻殻機動隊』(一九九五)で描いたように、精神や人格がネット上を駆け巡ったり、現実や身体の拘束を超えた形而上的な次元に行くことへの期待が、自分には確かにあった。サイバースペースに「ジャックイン」したり、アバターによって身体感覚が、ハンドル名や匿名によってアイデンティティなどの感覚が変容していくことに、陶酔的な快楽を感じなかったか？　もちろん、感じた。今は、その二日酔いに苦しんでいるような気がする。

二〇一三年に、冲方丁がシリーズ構成を行った『攻殻機動隊ARISE』が公開された。

この作品は、『攻殻機動隊』が描いたようなロマンチックなネット社会像ではなく、ポスト・トゥルースの現実に寄せた作品世界を舞台に設定しそこに生きるために必要な実践倫理を模索する作品であった。たとえば、記憶が上書きされる。正義だと思って蜂起したら、その正義の根拠となる事実自体が間違っている。人々は「ファイア・スターター」と呼ばれるウイルスに脳内をハッキングされ、内面や感情を操られ、社会全体が動いていく。デマやフェイクニュースに人々が操られ、炎上と政治が混ざり合っていくポスト・トゥルース時代に対峙する意図がある作品であったことは間違いない。この作品の中でも、人々は「個」の単位ではない主体になってしまっていた。

記憶も現実も書き換えられる中で、個や主体は不安定となる。その中で、「公安」たちはいかに解決し処罰するかを巡る思索的作品であり、個が主体となっているわけではない（つまり、特定の犯人がいない）「炎上」という暴力にどう対抗するのかを模索するミステリ作品であったと言ってよい。「炎上」に抗するという主題系は、主人公たちを「水」と結びつけて描くことで視覚的に表現されていた。水をかけて、炎上を止め、頭を冷やさせることを、主人公たちが志向しているのだ。

サイバーミステリは、SFや純文学と、問題系を共有している。しかし、一田の作品とは、重なりつつも、「リアルしばり」という条件と、あくまで「ミステリ」というジャンルであることに起因する差があるようだ。その差の一部は、未来社会を思索しビジョンを提示するオープンエンドを許容しやすいSFというジャンルと、具体的な問題とその解決にこだわり完結させなければ読者が納得しにくいミステリというジャンルの性質の差に起因している。

ポスト・トゥルースとネット時代のロマン派

ここで、ポスト・トゥルース時代について、補助線を引いておきたい。ロマン主義についてである。

ロマン主義は、ファシズムに大きな影響を与えた美学である。「論理」「事実」「現実」を軽視し、妄想的な言説が蔓延るのは、第二次世界大戦の前の日本や、フロイトが分析していたドイツなどで観察される現象であり、ファシズムの兆候である。ポスト・トゥルースとは、二一世紀における、ネットをメディアとした新しいファシズムであり、ニュータイプのロマン主義であると言えるかもしれない。

そう考えるのは、戦前の日本で流行していた、日本浪漫派と呼ばれる文学グループの特徴として指摘されているものが、現在の状況と類似点を持つように思われるからだ。

実際に日本浪漫派に心酔していた橋川文三の、『日本浪漫派批判序説』を参照してみよう。橋川の日本浪漫派への評価は以下である。

「私の見たかぎりで、日本ロマン派の批判らしきものを含んだ文章は必ずしも少いわけではないが、しかし、一般的には、この特異なウルトラ・ナショナリストの文学グループは、むしろ戦後は忘れられていた。それはあの戦争とファシズムの時代の奇怪な悪夢として、あるいはその悪夢の中に生れたおぞましい神がかりの現象として、いまさら思い出すのも胸くその悪いような錯乱の記憶として、文学史の片すみにおき去りにされている」（p9）「日本ロマン派が悪名高い『東洋的ファシスト』『帝国主義その断末魔の刹那のチンドン屋、オベンチャラ、ペテン師、詐偽漢、たいこ持ち』（杉浦明平）であったことは知られている。そして、それゆえに保田などは追放されたのであるが、いわばそうした事柄の成行だけはわかっていても、かれらが『何をしたか』はあまりハッキリしないというのである」（p14）と評価している。

その具体的な特徴はこのように述べられる。

「私たちの失われた根柢に対する熱烈な郷愁をかきたてた存在であった」（p40）「ある種の政治的無能力状態におかれた中間層的知識層が多少ともに獲得する資質に属するものであって、現実的には道徳的無責任と政治的逃避の心情を匂わせるものであった」（p47）「保田の文体の異様さを決定したものは、このようなイロニイに必然的にともなう一種の焦燥的な熟成の熱望であった。それはある明確に与えられた現実的限界のリアリズムをさけて、自我《エゴ》の可能性を上へ追い上げようとする衝動から生れてくる」（p50）「閉塞された時代の中で、『神というと大げさになるが、何かそういう絶対的なもの』を追求する過程」（p51）「病的な憧憬と美的狂熱」（p64）「ここで問題となるのは、かれらに共通する一種の反政治的思想であり、しかもそれが、もっとも政治的に有効な作用を及ぼしえたことの意味である。私が『耽美的パトリオティズム』と名づけたものの精神構造と、政治との関係が改めて問われねばならないことになる」（p107）「政治に対する美の原理的優越」（p108）「政治を『伝統』もしくは『歴史』のうちに解消する態度である。そして、小林（引用者註、秀雄）や保田において、『歴史』は『伝統』と同一化せられ、それらは、いずれもまた『美』意識の等価とみられたのである」（p113）

ロマン主義は、元来、光（啓蒙、理性、科学、合理性）への失望、反発と関係しているものだった。フランスとライバル関係にあるドイツやイギリスで、「闇」「非合理性」「感情」などを重視する思潮が形成された（山田広昭『三点確保　ロマン主義とナショナリズム』参照）。

ロマン派とは、一言で言えば、「現実」「論理」「事実」より、「空想」「詩」「妄想」を重視する立場である。どちらを人間にとってより尊重すべきものと考えるかの天秤のバランスが、後者に大きく傾いている。そのような世界観・人間観に人間が傾斜している時期が存在している、というのが、歴史の示すところである。

現在のポスト・トゥルースには、ロマン派とファシズムの反復を思わせる部分がある。これに抗するのは、簡単ではない。「現実」「論理」「事実」が重要だという啓蒙に対する反発が、ロマン主義的な情熱をより燃え上がらせるからだ。だから、この時代に抗するための抵抗の技法は複雑で多様なものにならざるをえない。単に「正しい」ことを「啓蒙」すればいいという単純な戦略は、数多くの戦略の中の有効な戦略のひとつであるに過ぎない。

「21世紀本格」としてのサイバーミステリ

一田の用いている「世俗化」という方法論のミステリ史における意義を、島田荘司の考えを参照しながら考察してみてもいいのかもしれない。何しろ、一田が受賞したばらのまち福山ミステリー文学新人賞の選者は、島田荘司なのだから。

島田は、選評の中で、一田の受賞作『檻の中の少女』を、エドガー・アラン・ポーの『モルグ街の殺人事件』と比較し、「トップランナーの出現」と選評で述べている。

島田の評価の言葉では、「ハードボイルド」との言葉も慧眼であろう。ハードボイルドというジャンルは、様々な既存の価値が信じられなくなった状況でどう生きるか、どのように行動するのかを主題としたジャンルであると論じられることがある（内田隆三『探偵小説の社会学』）。「真実」「事実」を巡る信頼が崩壊しているポスト・トゥルースの世界で生きるための「実践倫理」を探るというネット時代のハードボイルド小説としての一田の作品を非常に鋭く見抜いている。

『モルグ街の殺人』と比較している箇所にも、本論の文脈からはとても興味を引かれる。21世紀本格について論じている島田の評論「本格ミステリーは、いかなる思想を持つか」の中で、『モルグ街の殺人』が実に印象深い仕方で登場していることを思い出す。

評論「本格ミステリーは、いかなる思想を持つか」の中で、島田は二一世紀のあるべき本格の姿を考えている。その思索の中で、ミステリの原点である『モルグ街の殺人』が引き合いに出される。一八四一年に発表されたポーの『モルグ街の殺人』を、「本格のミステリー」の嚆矢と評価した上で、島田はこのように言う。

「モルグ街の殺人」が持っていた時代的な意味は、当時最も神秘的であった幽霊現象と、当時最新鋭であった科学の成果とを、勇敢にも出遭わせた精神にあったと私は考えている。ポーは、多くの犯罪に続いて**伝統的な幽霊現象をも、近代警察の科学知識と、陪審制の法廷の中央に引き出した**のである。(p138、強調引用者)

そのような指摘の上で、ポーの時代と二一世紀の違いを、島田は以下のように語る。

ここで言われているのはどういうことか。『モルグ街の殺人』の意義は、神秘的で非論理的なものであった「幽霊現象」を「科学の成果」と出遭わせ、近代警察と陪審制の法廷に連れ出したことが重要であったと言っている。

インターネットやサイバースペースという、「神秘的」で「非論理的」なものとして描かれがちなものを、世俗化して描いたという点では、一田の行ったことは、非論理的なものに論理の光を当てるという『モルグ街の殺人』的な精神を共有していると言えるかもしれない。しかしながら重大な差異もある。連れ出すべき「陪審制の法廷」などなく、あるのはネット上での「人民法廷」だということだ。

陪審制と探偵小説の関係について、島田は「儒教社会と探偵小説」という文章の中で、このように書いている。

陪審制裁判においてなら、検事もしくは弁護士による被告の罪状の追及も救済も、一般的次元に解体した論理によって、嚙んで含めるようにして行われる。こちらの法廷での弁論は、一貫して陪審員という一般人に対する説得だからである。これらはそのまま、名探偵の例の仕事である。またこの制度を持つ国においては、刑事事件について推理考察することは市民の義務であり、不謹慎ではない。これはそのまま探偵小説の読者の姿である。（p21）

一般人が判決を下す陪審制において、検事と弁護士が、分かりやすいように、論理的に、説明をしなければいけない。いつ陪審員になるか分からない一般の人々も、ひとつの義務として（シミュレーションとして）事件の推理考察をする。ここにこそ、探偵小説の発生の起源を見ようとしている。日本は三審制であるから、陪審制の社会とは探偵小説の成立の条件が違うということが、この論を書いている島田の問題意識にある。

この観点から一田の『公開法廷』を見るならば、国民全員の「陪審制」が導入されたにも関わらず、「論理」や「証拠」などの探偵小説的な倫理意識が人々に育っていかない未来の日本を描くことで、「探偵小説が成立する条件の一つが危機に陥っている中で、どのように探偵小説を成立させられるか」というレベルにまで踏み込み、島田の問題意識に批判的に応答しようとしたものであると解釈できる。

ポスト・トゥルース時代の解毒剤

改めて、二一世紀の本格のあるべき姿について考察した「本格ミステリーは、いかなる思想を持つか」に戻る。ここにおいても、二一世紀のミステリが味わう困難が記述されている。端的に言えば「科学知識」が専門性を増したため、大勢の一般読者が読んですぐ分かるような明証性を持ったものとしてはミステリの中で使いにくくなってしまった、ということが重大な困難である。

科学は指紋や血液型の解析、また亡霊への恐怖を排除した冷徹な論理発想、などといった当時の達成を遥かな過去に置いて、DNAの発見、遺伝子の特定、そしてこれの解読、その組み換え、書き換え、デザイナー・チャイルドの製作、ES細胞を用いたクローン臓器の作製、などなどの領域に踏み込んでいる。幽霊もまた、脳の奥襞にまで歩み込んできた科学のメスによって暗がりを失い、むしろ脳探索の研究室の明るみにこそ出現を始めている。（p140）

「科学技術」が「魔法」的に感じられるようになってしまった時代においては、一般人がその「論理」を追って判断することが困難になる。この問題を、サイバーミステリは共有している。インターネットやコンピュータも、科学技術の産物である。プログラム言語などの具体的な技術的細部は、大勢の読者にとっては神秘的なもののように感じられている。

かつての探偵小説においては、警察や探偵が使う論理や、科学は、読者にとってもある程度は理解可能なものであった。「指紋」などは分かりやすい例だ。

しかし、様々な科学の発展は捜査の方法を変え、読者が簡単に理解できるものではなくなってしまっている（アメリカのドラマ『ＣＳＩ』などは、それらの科学的捜査を視聴者に理解しやすく翻案する試みである）。

島田は、読者と作者の「謎解き論理ゲーム」を成立させることを優先し、現実の科学の発展を無視してきた本格ミステリに対して批判的である。現代科学に対応したミステリが「21世紀本格」として現れるべきだと述べている。

島田が、『檻の中の少女』の選評に「あの『モルグ街の殺人事件』が、本格ミステリー小説であるとは、発表当時は誰にも解らなかったであろうから、トップランナーの出現とは、常にそんなものであるのかもしれない」（p291）と書いた意図を、以下のように考えてみてもいいのかもしれない。

「謎と論理的解明」「フェアプレイ」をルールとする、「読者と作者のゲーム」である「本格ミステリ」を更新するに際し、「謎と論理的解明」というルールを否定してでも、その時代における非合理で不可解な現象に対して、それを光の下に晒す「精神」があれば、本格ミステリと言いうるのではないか。起源に返り、そのように新たに定義してもいいのではないのか。かつては幽霊現象に対して、科学と論理が対抗していたが、現在では炎上やポスト・トゥルースのような不合理的な事象や匿名の不特定多数からの攻撃に膨れ上がる疑心暗鬼などに、コンピュータやインターネットのプログラムや技術が対抗していく。作者と読者のパズルであることに拘るよりも、同時代の科学や事件に取り組む方が、本格ミステリの「精神」には合っているのではないか……。

本稿では、「本格ミステリ」の定義についての議論を行うつもりはない。ここでは、サイバーミステリが、同時代的な問題意識を持ち、本格ミステリをアップデートしようとしたときに、必然的に「ミステリ論」「司法論」「日本論」に踏み込まざるをえなくなってしまう必然性があることを、改めて強調するために、この話をしている。ミステリが、現代の日本を照射するのは、この性質故である。

「21世紀の本格」の末尾には、このように書かれている。「二十一世紀の最新の科学成果と、最神秘の幽霊現象をもう一度出遭わせる事件を起こすことは、時代のカンフル剤としても必要であるように思われる」(p141)と。

科学と幽霊。物質と精神。論理と妄想。島田の考える「21世紀本格」は、その二つを往復する。島田が意図したかしていないかは分からないが、「妄想的論理」の跋扈するポスト・トゥルース時代に有効なジャンルとしてミステリを重視すべき理由がここにある。

読者の「妄想的論理」の世界観に、単なる抑圧的な説教や啓蒙としてではなく、その論理それ自体に内在しながら食い破る可能性を持つジャンルとして、ミステリに期待しうる。「反知性主義」や「リベラル叩き」なども、「啓蒙への反撥」を心理的動機にしていると思われる。硬直した啓蒙だけでは効果は限定的だ。だからこそ、「面白さ」を武器にしたエンターテイメントの有効性が評価されるべきだ。

今や「21世紀本格」の一種であるサイバーミステリは、「時代のカンフル剤」どころではなく、「ポスト・トゥルース時代の解毒剤」として機能しているのである。

Ⅲ　メタミステリの新戦略——「読者」と「書物」の意識化

「読者」に注目するメタフィクションの隆盛

本章では、メタミステリの形式を用いて、ポスト・トゥルース時代の問題に取り組んでいるミステリ作品を論じる。

「ミステリ小説」の構造それ自体を用いて問題を意識化したり、アプローチする興味深い作家達が現れている。「メタミステリの継承者」とも言うべき彼らの現代の実践を本章では詳述する。

特に、注目すべきは「書物」「書籍」というメディアそれ自体の在り方を用いた一連のミステリ群の成功である。具体的には、深水黎一郎の『最後のトリック』と、三上延の『ビブリア古書堂の事件手帖』、法月綸太郎『挑戦者たち』である。

私見では、これらの作品において、メタフィクション的な構成を利用したり、書物そのものの物質性に注目する傾向が出てきた背景には、インターネットがもたらした暴力への感性の変化があると考えられる。サイバーミステリが対応した戦略とは異なる方法論を用いたこれらのミステリ作品群の試みもまた、ポスト・トゥルース時代への抵抗の枠組みの中で捉えることができる。

二〇一〇年代に入ってから、小説の世界では、「読者」が改めて注目されるようになってきている。たとえば、佐々木敦の評論『あなたは今この文章を読んでいる　パラフィクションの誕生』がある。円城塔を中心的な作家として扱い、「読む」ことに小説の比重がシフトしていることを指摘し、パラフィクションなる概念を提示している。

従来のメタフィクションと比較し、「読者」に注目する方向性が、新しい傾向として注目されるべきだろう。その「読者」を問題化する技法によってポスト・トゥルース時代に対抗しようとするのが、現代のメタミステリである。

参加者としての読者——批評とミステリの歴史から

江戸期などの戯作は、作者名がさほど重要ではなかったと言われている。近代になってから、ある作家の内面なり思想なりを知るために小説を読むように読者の態度が変化し、作者も作品も変化した。

日本近代文学研究では、長らく書き手の「個」が重視されてきた。日本文学研究では、作家が「何を言おうとしているのか」を重視し、テクストに書いてあることの「答え」を、作家の日記や、伝記的事実などから明らかにしようとする「実証的」な研究が主流であった。

六〇年代前後から、異議申し立てがなされる。たとえばロラン・バルトは、「作者の死」を謳い上げげ、テクストそのものを読むことを重視する「テクスト論」を主張した。この潮流は日本にも影響を与え、ひとつの手法として定着して今に至っている。この時点で、「読者」への権限の委譲は行われていた（詳しくは、『新潮』二〇一五年一月号に掲載されている、渡部直己と佐々木敦の対談を参照）。

私見では、「読者」という観点から見た、文学理論におけるその次に重要なメルクマールは、一九七六年に刊行されたウォルフガング・イーザーの『行為としての読書』である。イーザーは、「読書行為論」を提唱した。その理論では、「作品」というのは、テクストの物質だけを指すのではなく、それを読んだ読者が、読書という行為によって能動的に作りだすものである。

確かに、読むことが可能な存在（読者）がない宇宙における本は、ただの紙と模様であって、ぼくらが読書によって体験する「質」を持ちえていないだろう。「読者」の前景化は、理論としてはイーザーのこの段階で大々的に起こって起こっているが、その感覚が大衆化して読書のモードが変化してきているのが昨今である、と整理できるだろう。それは、社会において、インタラクティヴな「参加」や「体験」の価値が上昇してきたことや、ネット環境に関係がある。そのような文化消費に慣れた主体は、読書すら、参加や体験として認識しやすくなるだろう。

ミステリは「読者」を「参加者」として前景化し続けてきたジャンルである。ミステリの始祖と言われるポーの「モルグ街の殺人」をよく読めば、探偵デュパンは、実に「読む人」

である。二作目「マリー・ロジェの謎」において、新聞記事だけから推理する姿は、実に「読者」なのである。

デュパンは本作で、「真実」と探偵小説の問題を扱っている。当時の新聞が、愚民に扇情的な満足を与えるポピュリスティックなものであると指摘し、それとの対比の上で自身の小説の意義が提示されている箇所があるのは、特記に値する。

一般に、新聞紙の目的とするところは、真実を追究することよりも、むしろセンセーションをつくり出すこと——議論を立てること——だということは、憶えていなければいけないね。さきの目的はただあとの目的と一致するように思われるときにだけ追求されるのだよ。普通の意見に（その意見がどんな根拠のあるものとしてもだ）同意しているだけの新聞は、愚民の人気を得るもんじゃない。大衆というものは、一般の考えに辛辣な反対を述べる人だけを考え深い人だと思うものだよ。推定においても、文学においてと同様に、いちばん早く、またいちばん広く理解されるのは警句なんだ。どっちの場合でも、そいつはいちばん価値の低い代物なんだがね。／僕が言いたいと思うのは、このマリー・ロジェエがまだ生きているという考えを『レトワール紙』に思いつかせ、また公衆がそれを歓迎したのは、それが少しでも真実らしいからだというよりも、ただそのなかに警句と鳴物芝居とがごっちゃになっているからだ、ということなんだよ。

探偵小説の始祖とも言えるポーの作品が、「読者」を教育する性質を持ち、「真実」「論理」を魅力的に伝えるエンターテイメントとしての性質を持っていたことが分かる。

他に、直接的に読者に語り掛けて巻き込むものとしては、有名なエラリー・クイーンの「読者への挑戦状」が良く知られた例となる。

ミステリにおいては、「読者」は、最初からその作品内部に特殊な形で組み込まれていたし、常に前景化されていた。その構造そのものを引き受けた上で、インターネットがもたらした読書行為や参加などの意識の変容に書籍で対応しようとする方法論が、現代のメタミステリである。

ミステリとは、作者と読者の駆け引きのゲームである。読者の期待や予想を裏切ったり、出し抜いたりするゲームであり、読者もまたある程度のルールの元で間違った予測や誤解をすることも許される。特に「本格」と呼ばれる「謎と論理的解明」の場合は、その知的なゲーム性は最高潮に達する。

しかし、その「解釈」は、ある程度制限される。たとえば前衛詩を読むようにミステリを楽しむことは、可能ではあっても、楽しみの中核ではないだろう。読み手をルールである程度制限し、解釈の自由度を奪うことが、ジャンルの暗黙のコードとしてある。侵犯の驚きも、そのコードを前提とする。

たとえば、「ノックスの十戒」や「ヴァン・ダインの二十則」は、読み手への「制限」である。と同時に作者と読者の知的ゲームという駆け引きを成立させるための、読者の「読み方」「ルール」の提示である。

これらジャンルの約束事や決まりが生まれたのは、作品の快楽を最大化させようという努力の結果である。作者が入念に仕掛けたトリックや「意外性」も、熱心に読まない読者には驚きを与えないだろう。だから、ある読者への読み方の教育は書き手にとって有益である。読者にとっても、論理的な解明を期待したら、実はホラーで、超自然現象だったみたいな期待外れを回避させる機能がある。その暗黙の共有こそが「ジャンル」を生み出した側面はあるだろう。

一　読者を告発する——深水黎一郎『最後のトリック』

深水黎一郎『最後のトリック』——読者全員が加害者であると意識させること

二〇一四年に刊行された深水黎一郎『最後のトリック』は、「読者全員が犯人」なる、究極のトリックを実現させることに挑んだ作品として話題になった。その内容面も、実に興味深いものである。

この作品は二〇〇七年にメフィスト賞を受賞した『ウルチモ・トルッコ　犯人はあなただ！』の、改題・改稿版である。二〇〇七年時点より、二〇一四年の再刊時に大ヒットになった。その理由についても、本論で考察する。

本作は、自分の書いた文章を大勢に読まれることが、心身に強い負担となり、心臓発作が起きるという特異体質を設定として導入することで、確かに「読者全員が犯人」だと思わせることにある程度成功させている。もちろん、強引であったり、そんな体質を導入することがズルいと思う部分はあるものの、このような強引な手段を用いてでもこの作品を成立させなければいけないと思ったのであろう作者の動機に、本論としては関心を持たざるをえない。

イーザーの「読書行為論」によれば、読者は、「読書行為」によって「作品」をその都度生成している。物質としてのテクストではなく、読んだことによって脳の中に生まれるものこそを、「作品」の本体と定義しているのだ。

その論を援用するならば、ミステリ作品という楽しい「作品」に読者が「参加」し、「作品」を「生成」する行為そのものによって、作中の被害者が亡くなってしまったかのような感覚を読者が味わうという作品だと言える。この感覚を体験させることこそが、『最後のトリック』の重要な肝であり、批評性であり、ネット時代の情報的な暴力に対する批判であり、内省を促すという意味での倫理である。内容だけではなく、形式それ自体によって、読者の中に反省性を作り出すことを通じ、このポスト・トゥルース時代に自分自身が「加害者」であるかもしれないことを自覚させることが、『最後のトリック』の戦略である。

二〇〇七年と二〇一四年のあいだ——SNSの発展

二〇〇七年に比して、二〇一四年の方が遥かに多い売り上げを誇り、話題にもなった。この差は何に由来するのか？　もちろん、売り上げや話題性の差は、出版社のプロモーションその他の様々な要因に由来する部分も大であろう。しかし、ここでは、読者の置かれている「読み書き」に対する感受性の変化が大であるという仮説を提示してみたい。

『最後のトリック』は、「読者が犯人」であるという究極のトリックをどう実現させるのかが、読みどころとなる作品である。その「読者が犯人」について読者が感じる「リアリティ」の変化が、二〇〇七年と二〇一四年の間に生じたのだ。その変化は、インターネットの世界で起こった。

インターネットが参照されている具体的な証拠を挙げる。

『最後のトリック』はパソコン通信やインターネット環境を意識した小説である。トリックに関わる大仕掛けとして、リアルタイムに『最後のトリック』そのものが新聞連載されているという設定が用いられている(実際には連載されていない)。これは、筒井康隆が一九九一年から一九九二年まで朝日新聞に連載した『朝のガスパール』を参照している。引用しよう。

「熱狂的なファンを持つ文壇の大御所が、かつてやはり新聞の連載小説を担当した際に、ネット上で作品に対する感想や今後の展開を募集し、それを紹介しながら連載を進めて行ったことがあります。ネット上の書き込みや作家に送ったメールが、早ければ数日後には作品中で引用・紹介されるわけで、当時はかなり話題になりました」(p250)

これは、ASAHIネットに「電脳筒井線」という掲示板を開設し、その書き込みを朝日新聞で毎日行われている連載に組み込んだ『朝のガスパール』のことを指している。(『電脳筒井線』と『朝のガスパール』については、拙著『虚構内存在　筒井康隆と〈新しい《生》の次元〉』の第七章で詳述した)

この「リアルタイムで読まれている」という設定と、被害者の「精神的感応力」という設定の二つにより、「読者が犯人」という仕掛けが成立する。

「どうやら私には、一種の精神的感応力があるらしいのです。自分の文章が読まれているのを感じると、心臓がどきどきして、不整脈が出ます。そしてそれが長時間続くと、どんどん心悸が高まり、苦しくなって行くのです、小さい頃に受けたトラウマの数々が、私の感覚を異常なまでに研ぎ澄ましてしまったのでしょう」(p325)

被害者には、文章を読まれているときに、それが苦痛を生じさせるという「精神的感応力」があるゆえに、読者がこの新聞連載されていると作中で書かれている文章を読んだことが、被害者を殺すことになった、と(感じさせれば成功)という仕掛けである。

納得できるだろうか？　少なくとも、私は、この二つの設定は「フェアプレイ」ではないと思う。だが、フェアかどうかを超えて、感性のレベルでのリアリティや納得感は存在している。その納得感の変化こそが、二〇〇七年と二〇一四年の間に横たわっている、という仮説である。

起こった変化は、「書くこと」「読むこと」が、暴力であり人を殺すことすらありうるという認識に関してだろう。感受性の変化が、インターネットによって生じたことが推測される。

日本でインターネットが一般的になった年は一九九五年。匿名掲示板である2ちゃんねるの開設が一九九九年。携帯電話でインターネットができるｉモードのサービス開始も同じく一九九九年。そして、スマートフォンが大衆的に普及するきっかけとなったiPhoneの発売が二〇〇七年。

インターネットが誕生し普及した結果、人は単に受動的な「読者」であるだけでなく、「(公に向けて)書く」発信者となるようになった。必然的に、不特定多数から「読まれる」経験が増大する。読んだ人間が感想を書いたり批判したり炎上させることによって、「読まれる」こと自体が暴力的なものであると感じられるようになる。これは、私たちがインターネットに書き込むようになって経験してきたことである。実際、書き手たちが、読者がネットに書いた感想や批判を見て胸を痛めたり、憤慨したり、精神を病んだりしているのを、頻繁に目にする。

「(公に)書く」経験をするようになった多くの人々が、それに対して冷酷な、あるいは残酷な「読まれ方」による「感想」「批判」などで傷つく経験をする機会が増えたことが、この小説に対する共感性を高めるひとつの要因であると推測される。

書くことと、読まれることとの心理的距離も近づくインターネットは、書いた時点と公表されるまでの時点との時間が著しく短いからだ。出版メディアと比べれば、ほとんどリアルタイムのようであり、「書く＝読まれる」が心理的に複合した何かとして理解されがちになる環境にインターネットはある。

生産消費者＝プロシューマーや、ＣＧＭ（コンシューマージェネレイテッドメディア）などという言葉があるが、インターネットの環境では、「作者」が一方的に発信し、「読者」が一方的に受信するという旧来のメディアのような関係は維持できない。「読者＝消費者＝受容者」が、読んだ結果として生産行為に参入する（二次創作、感想、批評など）。「読む」ことと「書く」ことの心理的な距離も、出版メディアが主流であった時代と比較して、縮む。

二〇〇七年は、この感受性の変化をさらに加速させる決定的な出来事である、「実名」の「ＳＮＳ（ソーシャル・ネットワーキング・サービス）」の日本における大々的な普及の前年に当たる。

翌年、二〇〇八年にツイッターの日本版がサービス運用を開始。同じ年に、フェイスブックも日本語化されたインターフェイスを公開した。この二つのサービスは爆発的に普及し、日本のインターネットの実名化を促進した。

二〇〇七年と二〇一四年の間に横たわっているのは、ＳＮＳの普及である。自身に紐づけられた形でインターネット上で「読み／書き」をする人間が増え、言葉と暴力に対する感受性が変化した。それが、二〇一四年に『最後のトリック』がヒットした大きな原因ではないかと考えられる。

インターネットの暴力の反映

この感受性の変化は、「ネットいじめ」などの現象とも関連しているだろう。ソーシャル・ネットワークという「情報環境・人間関係の複合したネットワーク」の中で生きる者（あるいは、それを無自覚に強制されている者）たちにとって、そこは心理的・精神的に重要な社会的現実である。

たとえば、『最後のトリック』中のこのようなエピソードは、現代の「ネットいじめ」のエピソードとして理解可能である。

被害者が「精神的感応力」が目覚める（あるいは、明確に自覚する）きっかけのひとつは、自分の好きな女性に宛てて書いたラブレターが、学校の廊下に貼りだされていたことである。「恵利佳に宛てた私のあの手書きの青臭いラブレターが、何とあろうことか、廊下に貼り出されているではありませんか！／私は気を失いそうになり（……）」（p321-322）自殺を考えるが、「《中学生ラブレターで自殺》というセンセーショナルな見出しを載せるでしょう。さらにテレビ局は必ずやあの恥ずかしい手紙を入手して、全校生徒の目に晒されたあの手紙が、今度は電波を通して、日本じゅうの人々の目に晒される」（p323）のを怖れて、思い留まる。

今は「手紙」という物理的な媒体ではないが、ＬＩＮＥでの内輪の会話を晒し上げるネットいじめ、ツイッターの鍵アカウントの晒し上げ、などがある。このような行為をされた人間が「傷つく」ことを自分自身の経験によって多くの人たちが理解しやすくなり、問題性を認識する人も多くなっているだろう。

自身が「傷つく」者は、また、自身の言葉が「傷つけ」、時には殺すほどの効果を持つことを、自覚せざるをえない。東日本大震災以降、SNSが過剰なまでに倫理的になっているが、それはこのような言語の持つ暴力性の認識による部分も存在している。暴力性に無自覚になることが困難になっているのだ。「阪神大震災は笑った」という言葉が流行していた、九〇年代後半からゼロ年代のインターネット環境における非倫理的な態度とは大きな転回が生じているのである。

ネットファシズムへの抵抗としての『最後のトリック』

『最後のトリック』は、ネットファシズムに対抗する政治思想を醸成する効果を持っている。「炎上」などが一人の人間への集中攻撃を生じさせ、様々な位相での被害をもたらし、たとえ冤罪であったとしても加害者たちは、集団・匿名であることによって何の責任もとろうとしない。

このようなネットで行われ続けてきた行動が、特定の政治的感性を生み出している状況は、これまで詳述してきた。『最後のトリック』は、メタミステリの構造を用いて、読者にこの時代における倫理を発生させる。

『最後のトリック』は、「犯人はあなただ」と感じさせ、加害を自覚させることにより、このようなネットファシズムの加担者となっている読者自体への反省を促す。

この作品がヒットしたことが、ひとつの希望ともなるのは、このような「反省」に胸を突かれ、意外性を感じ、「読者」としての自身の加害性への自覚を驚きとして受け取って何某かの感慨なり思考に促された読者が、一定数存在し、増えてきているのかもしれないからだ。自分が単なる観客ではなく、積極的に「対象」に影響を与えているという感覚。その「責任」の認識は、ネット時代において必須の倫理であり、それこそが、ネットのファシズムや空気の暴力に抗うような、新しい時代における「民主主義」を担うものが持つべき倫理や認識、感覚を醸成することにもつながっていくだろう。

読者を告発する——中井英夫『虚無への供物』のアップデート

作中において、中井英夫『虚無への供物』が参照されていることは、『最後のトリック』、「我が国のアンチ・ミステリーの代表作と評されている作品」（p58）の意図を継承し、現代的に蘇らせようとする意図を持っていることを明瞭に示している。

『虚無への供物』について、『最後のトリック』の作中で言及がある。

「作品中の連続殺人事件が解決され、犯人とそのトリックが明らかになったあと、最後の最後に、こういった犯罪が起こるのは、人間の心が惨劇を求めているからだと述べられる。つまり本当の真犯人は、今これを読んでいるあなたであると、登場人物の一人がくるりと振返って読者を告発するんだ」(p57)

『虚無への供物』においては、事件を求める心理を持ちスペクタクルを楽しむ読者たちが告発されていた。ミステリの中で事件を「娯楽」として消費する人々の心性と、実際の事件をもスペクタクルとして消費する人々の心性とを重ねた上で、『虚無への供物』は作品の構造を用いて読者への告発を行った。

「自分さえ安全地帯にいて、見物の側に廻ることが出来たら、どんな痛ましい光景でも喜んで眺めようという、それがお化けの正体なんだ。おれには、何という凄まじい虚無だろうとしか思えない」「真犯人はあたしたち御見物衆には違いないけど、それは〝読者〟も同じでしょう」。

『虚無への供物』は、傍観者的欲望を批難する演説を、能動性を要求するミステリ小説という媒体で行ったということによるギャップが、アンチ・ミステリとしての大仕掛けと批評性を効果的にしている作品である。

以上を根拠として、『最後のトリック』は、『虚無への供物』のようなメタミステリが行おうとした「読者」への逆襲の系譜に連なる作品であると言うことができるだろう。「作者」と「読者」の駆け引きのゲームの中で、「読者」という、圧倒的な弱者であり圧倒的な強者でもある存在を巡る、ミステリというジャンルが必然的に孕む欲望が生み出した作品なのである。

ミステリというジャンルが存在し、それに対してメタミステリというジャンルが生まれた。ジャンルの蓄積が、ネット時代において受け継がれひとつの重要な作品が生まれえたのだ。

『ミステリー・アリーナ』と多重解決

二〇一六年の本格ミステリ・ベスト10の一位に輝いた深水黎一郎『ミステリー・アリーナ』も、「読者」という問題系を作品の内部に構造的に組み込んだ作品である。

「ミステリー・アリーナ」という架空の、大晦日に放送される大人気のTV番組が作品の舞台になっている。それは、テクストと音声で提示されるミステリの問題を、回答者が答えるという番組だ。間違えると待っているのは死であり、臓器が抜かれて他の人々に提供される。回答者は極度のミステリ・オタクたちだ。

十四人の回答者がそれぞれに論理的に一貫した回答をするが、正解にはならない。なぜなら、あらかじめその回答がされた場合にそれが不正解となるような分岐が設定されており、どの回答も不正解にされるようになっているからだ。「最初は十五通りの解答が全て正解で、いわば全ての可能性が〈重なり合った〉状態で存在する」(p332)

そのような操作を行うシステムの設計者たちに対する回答者たちの叛乱も本作の読みどころだが、いわばミステリの「読者」と「作者」のゲームそれ自体を組み込んだ本作の構造は、『最後のトリック』の延長線上にあると理解するのが当然だろう。

遊井かなめは、「量産機のコンペティション」という評論で、「多重解決ミステリ」として本作を論じながら、興味深い指摘をしている。この時期の「多重解決ミステリ」の流行を、インターネットやSNSなどの環境の観点から説明している部分があるのだ。

多重解決ものとは、作品の中に複数の解決が提示される作品のことを指す。

「サイバーミステリーと多重解決の相性の良さは、ネット上に提示された推理がサイバー空間における匿名性によってすべからく並列化される点にある」(p242)「サイバーミステリーにおいては、多重解決ものはまだ書かれていない。だが、SNSを媒介として世界中に事件が猛スピードで拡散された結果、推理合戦が起こってしまう現象を扱った作品はいくつか書かれている」「サイバーミステリーが〈誰もが探偵になりうる物語〉であることについても、私は同書において言及した。事件がSNSによって拡散され、まとめサイトなどで推理合戦のような状態ができ上がってしまうこと、探偵役の氾濫とでも言うべき状態が起きることを指して〈誰もが探偵になりうる物語〉だと指摘したのである」(p240)

これを私なりに言い換えると、以下のようになる。インターネットでは、ある事件や事柄に対して、好き勝手な推理を行う「探偵」がたくさん現れる。ライトノベル作家・杉井光が『神様のメモ帳』で描いたニート探偵は、そのような「匿名掲示板」に無数にいる「探偵」をモデルにしたものだ。杉井の作品がそのような探偵を特権的なキャラである「名探偵」にしたのだとすると、「多重解決」ものとは、無数の探偵が特権的にならず並列的に並んでしまうネットの状況そのものを反映した作風だと言える。そのようなネット空間における「探偵」たちが、論理も証拠も事実も公正さも見失う傾向にあることは、既に述べた通りである。

遊井の評論で、多重解決ものの傑作とされているのは、井上真偽『その可能性はすでに考えた』と、深水黎一郎の『ミステリー・アリーナ』である。

『その可能性はすでに考えた』は、現実のネットの「無数の素人探偵の乱立」状況と比較するならば、徹底的に論理に拘る名探偵を登場させるところが批評性になっており、論理それ自体を志向する倫理とでも言うべきものが存在している、という違いがある。『ミステリー・アリーナ』と『その可能性はすでに考えた』シリーズを比較した場合、より底が抜けているのは後者だろう。無数の解決や可能性が並列するのは、前者の場合は、出題者の作為と悪意に拠る。しかし、後者の場合は、特に誰の意思でもない。

『ミステリー・アリーナ』において、多重解決が存在するのは、「ミステリー・アリーナ」というゲームの中だけである。あくまで、無数の、変化する〈真相〉〈真実〉があるのはゲームの中だけであり、それを現実世界そのものと設定しないところが特徴である。

作中に出てくるこのゲーム（ミステリ）の作者は、以下のように言う。「純文学に比べていまだにミステリーを下級なジャンルと看做している自称〈アカデミック〉な連中に、一言言ってやりたかった（中略）。だがミステリーは、そこからさらにもう一段階必要なんだ。可能性の総体を示してやるだけじゃ、ミステリーの読者は満足しない。（中略）一つの状況には、無数の展開の可能性が萌芽として含まれているのに、毎回涙を呑んで、その中のたった一つを〈真実〉として呈示しなきゃいけないんだ」（p349）

ここで語られているのは、実践倫理の立場からすれば、非常に複雑な事柄である。まず、ミステリは、その読者が一つの〈真実〉を求める限りにおいて、無数の〈真実〉が乱立するポスト・トゥルースへの抵抗足りうる。しかしながら、それは、無数の〈真実〉を提供できてしまう主体（この作品の場合は露悪的な作家だが、システムそれ自体や、広告代理店などの比喩として読んでもいい）の前では無力である。本作の「ミステリ・オタク」たち、すなわち〈真実〉を志向する読者たちは、その罠に嵌まり、敗北する。

作中で、「ミステリ・オタク」たちが「ミステリー・アリーナ」の仕組みを暴き、抵抗と逆襲に成功したのは、彼らが綿密に計画していた特殊部隊の人間だからである。物理的な攻撃やハッキングなどによってこの「作者」に対する報復は成功した。「ミステリ・オタク」であることにより事態の真相に近づいたが、それだけでは無力で、「特殊部隊」や超人的な能力が加わって、初めて「無数の〈真実〉」を提供し彼らを死に追いやり搾取しているものに反撃し、制裁を加えることができるのだ。

もはや彼らは単なる「読者」ではない。叛乱の主体である。論理や推理では対処できず、〈真実〉によってカタルシスを得たいという欲望すらも利用されてしまう、そのような相手に対しては、単にミステリの熱心な読者であるだけでは足りないのだと、ミステリ読者が巻き込まれている環境の総体を寓意化し、突きつけたことこそが、本作の最大の魅力であり、批評性である。本作もまた「メタミステリ」的な構図を用いることにより、読書行為を通じて、読者の内面にダイナミズムを通じて現在の問題を体感させ、理解させ、反省させる見事な仕組みになっているのだ。

二　流通のメタフィクション——三上延『ビブリア古書堂の事件手帖』

ミステリに内在する、「読者」を巻き込む欲望

「読者」を巻き込みたいという欲望は、メディアすら超えさせる。

我孫子武丸が脚本を手がけた『かまいたちの夜』は、ノベルゲームというジャンルを用いて、選択肢をプレイヤーに選ばせることによって、より「参加」の感覚を高めさせる効果があった。間違った推理をして間違った選択肢を選べば、プレイヤーには死が待っている。「死」とは言っても、作中の主人公が死ぬだけで、現実のプレイヤーは無傷ではあるのだが。

リアル脱出ゲームや、現実空間に人間が集まって行う推理ゲームなどは、「本」というメディアを飛び出した、もっと生々しい「読者」の巻き込み方を可能にするかもしれない。

そのような様々なメディアへのミステリの拡張の中で、「書物」に敢えてこだわるミステリの意義を考えてみなければならない。

三上延の『ビブリア古書堂の事件手帖』は、「読者」が「探偵」となる小説である。

『最後のトリック』が、「作者と読者の共犯関係としての作品」において、「読者」を犯人にするという試みであるとしたら、むしろその反対である。

とはいえ、実際に読んでいる読者が探偵となるような複雑なメタ構造を使っているわけではない。本好き（＝読者）が作中で探偵役を務める、ということである。

ミステリを読む読者は、謎や真相を知りたいと思う限りにおいて、潜在的に、作中に登場しない探偵である。『ビブリア古書堂の事件手帖』は、古書店の店長で本の虫である栞子を探偵にすることにより、その本を読んでいる読者自身の潜在的な「探偵」性を、作中の探偵と重ねさせる効果を持っている。もちろん、既述の通り、それはポーが用いていた技法でもある。

『ビブリア』は、『最後のトリック』のように、読書行為論的な仕掛け（＝読むという行為そのものに注目する）ではなく、本という物質そのものや、その流通に中心を置くことで、「読者」を取り巻くインフラを意識化させるタイプのメタフィクションである。

具体的には次節で詳述するが、本の物質性にこだわるタイプの作品の増大は、他メディアとの競合状況に由来する可能性が高い。実際に、編集者と話していると、本づくりにおいて、「書籍」というメディアの物質性を意識する声を多く聞く。その意識の増大には、ネット環境や電子書籍などによる言説空間の再編成が背景としてあるだろう。

本の中で、本を扱い、本の価値を謳い上げる『ビブリア』には、情報環境の発達に対する反動の側面がある。それに対し、『最後のトリック』は、どちらかというと、誹謗中傷の書き込みなどで精神的に人間を追い込んで自殺させてしまうような現在のネット空間における殺人のメタファーを書籍の中に構築していた。

どちらの作品も、ジャンルやメディアの衝突や摩擦の軋みそれ自体から新しい質の魅力が出てきている。どちらも、方向性は異なるが、「読者」の変化に明敏に対応し、それを作中に組み込んだミステリであるという点で、非常に注目するべき作品である。

マーシャル・マクルーハンによると、近代的な内面が生まれるのに、整然と並んだ活字を黙読するという経験が大きな影響を及ぼした。理性的に、沈思黙考する個人という主体が、読書によって生まれるのである。仮にそのメディア論が正しいのだとすると、断片的な文字を即時的にやりとりするインターネットの言語環境は、別種の主体を構成するだろう。

その主体の変化は、これまで論じてきた民主主義の変化と大きく関係している。基本的に民主主義は投票をする「個人」を単位とし、「個人」が理性的に思考し判断することを前提としているからだ。そのためにこそジャーナリズムは情報を提供し、教育は思考や判断をする主体を育てようとしてきたはずだ。戦後民主主義教育とは、そのようなものであったはずだ。

だが、その大前提が揺らいでいる。書物とインターネットとの抗争を作品の内容と形式に取り込むミステリが注目されるべきなのは、そのような「主体」「思考」「言語」の次元で起こっている民主主義の変化を照射している可能性があるからだ。

流通のメタフィクション――『図書館戦争』、『戦う司書』シリーズなど

書店や図書館を舞台にした小説が、二〇〇〇年代から目立つようになってきた。代表的なところでは、有川浩『図書館戦争』、山形石雄の『戦う司書』シリーズ、そして三上延の『ビブリア古書堂の事件手帖』などがある。

これらの作品が流行していることには、いくつかの背景が考えられる。その理由のひとつに、インターネットを中心とする、情報環境の普及が挙げられる。パソコンやタブレットなどを通じて文字情報などに接することが多くなったために、物質としての「本」が改めて意識化されたのだ。

これまでも、本を扱った小説は多く書かれてきた。ただし、これまでの場合、それはいわゆる「メタフィクション」として、高度な技法として扱われることが多かった。ウンベルト・エーコの『薔薇の名前』がその一例である。過去の作品を引用したり、作中作を用いたり、作者が出てきたりした。そこで中心になるのは「書くこと」と「読むこと」に関わる内容であることが多かった。

現在流行している作品群が、「メタフィクション」の系譜に連なるものであることは間違いがない。しかしながら、大きく異なっている点がある。一つは、物質としての本に着目していることであり、もう一つは、本の流通そのものに注目しているという点である。『図書館戦争』は図書館で本を守ることが主題になっており、『ビブリア』は古書店についての物語である。書店についてではないが、三浦しをん『舟を編む』は辞書を作る編集部の物語であり、この作品も広範なヒットをした。三つ目の特徴として、それはメタフィクションでありながらも、小難しく理論的で難解な実験作ではなく、広く一般的に受け入れられている作品であるということが挙げられる。

これらを仮に「流通のメタフィクション」と名づける。

もちろん、このような本の「流通」をネタにすること自体は、近代小説の始祖と呼ばれる、セルバンテスの『ドン・キホーテ』で既に行われていた。『ドン・キホーテ』の海賊版が出回ったりする流通の過程が、続編の中でギャグのように扱われているのだ。だから、「流通のメタフィクション」は、近代小説が孕んでいた可能性の延長線上にある。

「本」そのものを意識化させる作品だって、前例がないわけではない。たとえば、マーク・Z・ダニエレブスキーの『紙葉の家』は、装丁やブックデザインの仕掛けを物語内容と相互作用させた傑作であった。しかしながら、繰り返すが、「流通のメタフィクション」は、難解な実験としてではなく広範に受け入れられているということが大きな特徴である、という差がある。

小説を読んでいるとき、実際にはぼくらは本を手に持って、ページを捲る。どこかに寝っ転がっていたり、カフェなんかに坐っていたりするかもしれない。その本は書店で買うか図書館で借りてくる。近代小説におけるリアリズムの読み方としては、このようないわば小説のインフラ部分は意識されないというのが暗黙のルールである。それらを意識させることは前衛的な技法ですらあった。しかしながら現在ではそうではない。小説を巡る認識のモードが変化したのである。

それは逆に言えば、「本を読む」という行為が意識化されやすくなったのだ。本が主要なメディアであった時代には、そのメディアの基盤（言葉、文字、紙）は意識されにくかったであろう。だが、本を読む行為は現在では「敢えて選ぶ」ものとして意識されている。本というメディアもまた、様々な他のメディアの中からわざわざ選択するものとなった。だからこそ、物質的な「本」を巡る状況を意識化させる小説もまた広範にヒットするのだ。それは、「今、敢えて本を読む」自分への自意識もまた作中に繰り込み、反映したものにならざるをえない。

では、そのような「本」「流通」を作品の内部に取り込むことで、『ビブリア古書堂の事件手帖』は、時代に対してどのような抵抗を行ったのだろうか。具体的な内容と形式との関係を見ていこう。

『ビブリア古書堂の事件手帖』――魅力的な「読者」

二〇一一年に第一巻が刊行され、二〇一七年にシリーズが完結した『ビブリア古書堂の事件手帖』は、「流通のメタフィクション」を代表する優れた作品である。ミリオンセラーとなるほど広範に読まれ、なおかつ第六十五回日本推理作家協会賞短編部門の候補になるなど高い評価を得ている。全七巻は、六百万部を超える売り上げを誇る。

ビブリア古書堂と呼ばれる古書店の店主である栞子。並々ならぬ本の知識を持つ彼女が、古本の買い付けや販売などをきっかけにして起こる様々な事件を、推理で解いていくというのが物語の大まかな展開である。大体の場合、希少価値のある書籍がキーとなり、その古書としての価値などに対する薀蓄が展開され、本の内容が謎解きとも深く関係する。たとえば宮沢賢治の『春と修羅』やアントニイ・バージェス『時計じかけのオレンジ』の、バージョンによる内容の異同などが謎を解く重要なきっかけとなる。

この作品の重要な特徴を挙げると、

- 古書の流通が描かれる
- 古書を通じて過去の作家の人生が描かれる
- 過去の作品の内容が引用され用いられている

・過去の作品の内容と現在起きている事件（読者が今読んでいるこの本）に呼応関係や隠喩の関係が存在している
・本を「読む」行為と「推理する」行為がアナロジカルに書かれている
・本好きの「読者」の生態が魅力的に（萌えるように？）描かれている

という辺りだろうか。

「書く」と「読む」に関連する部分や、過去作の引用が用いられている点は従来のメタフィクションと重複する。だが、本作は小説の中身ではなく、「外枠」に重点を置いているところが重要である。本がどの出版社からどういう風に刊行されたのか。どういう装丁なのか。販売促進に何を行ったのか。本を読む「人」である栞子を魅力的な女性として描いている点も「外枠」への意識に該当するだろう。「読む人」「解釈する人」、すなわち読者という存在を（外見も内面も）具体的かつ魅力的に描くことが、ミステリ作品としての本作の顕著な特徴である。

六百万部を超えるほどのヒットを本作が得たのは、本を読む人間や書店員に対して「自惚れ鏡」として機能した部分があるからなのは否めない。しかし、書籍の流通に起きている変化に合わせた商業的な戦略が、結果として抵抗として機能してしまっている部分がある、ということもまた否めないのだ。

探偵役である栞子と、語り手である五浦はうまい具合に対になった人物である。読書が好きだが怪我で足が不自由、コミュニケーションは苦手だけれど本の話になると話しすぎてしまう栞子（作中人物の台詞によると、オタク）と、本が好きなのにトラウマで読むことが苦手になってしまい、本についての話を聞きたがる五浦。彼は肉体が頑強であり、この二人がうまく支え合うような設定になっている（五浦が恋心を抱いており、栞子に接近していくというのも物語全体を貫く恋愛小説的な魅力になっている。「心の読み合い」が起きるのだ）。

繰り返し述べているが、探偵小説は、そもそもメタフィクション的な側面を持っていた。探偵小説の始祖と呼ばれるエドガー・アラン・ポーの「モルグ街の殺人」での探偵デュパンは読書人であるし、「マリー・ロジェの謎」では新聞記事を読むだけで犯人を当てていた。探偵小説（推理小説）とは、読者に対して、文章に対する特殊な注意を要請するジャンルである。すなわち、（それが本格であればという限定はつくが）謎と論理的解明を期待し、伏線や矛盾などに気が付くような注意深い読解を要請するジャンルである。それはいわゆる詩のように音を楽しんだり隠喩や観念などに酔う〝だけ〟ではない特殊な読みの姿勢を要求する。そんなジャンルが、「探偵」が、「読者」の行うべき理想の読解行為を、見本のように演じることから始まるのは必然であったかもしれない。探偵は読者の「読み方」を教育しているのだ。

『ビブリア古書堂の事件手帖』第四巻が江戸川乱歩を主題にしているのも、興味深いことである。乱歩が団子坂で古書店を経営していたことに触れ、乱歩の作品に影響を受けて様々な人間たちが出会い（少年探偵団を作ろうとして少年少女が仲良くなったり、乱歩の「三人書房」に影響を受けて「ヒトリ書房」を作ったり）、様々に人生の糧としていったさまが描かれる。伝記的事実、作品解釈、書誌情報、本が人にどう影響を与えるかが多角的に謎解きに関係してくる。その上、本作が乱歩を作中で論じることにより、探偵小説としての自己言及という側面が強くなっている。

乱歩もまたメディアを強く意識した作家であった。新聞小説の場合、実際に起きた事件と同じ平面に並ぶことを意識して内容を選択していた節がある（成田大典「『一寸法師』のスキャンダル――乱歩と新聞小説」参照）。掲載されるメディアを強く意識するという点では、『ビブリア』には乱歩的な部分がある。

サイバーミステリとしての『ビブリア古書堂の事件手帖』

多くの人はそう認識していないだろうが、『ビブリア古書堂の事件手帖』にはサイバーミステリに接近した箇所がある。第六巻では「書物」を巡る物語とは別に、「ＳＮＳ」を用いた犯人の多重化が描かれている。栞子たちが襲われるきっかけとなったのは、ＳＮＳで、彼女の持っている本についての情報を伝達されたことである。それを教えた相手はすぐにアカウントを消している。ハンドル名でのやりとりなので、それを操っている「中の人」が誰なのか分からず、「中の人」と思った相手が二転三転するという展開が描かれた。ネットを用いた「操り」や、「主体」の変化を利用しているという点で、サイバーミステリへの接近が見られた。実際、寝たきりに近いと思われていたお婆さんが真犯人だと判明するも証拠が見つからず警察が立件できないという展開は、サイバーミステリで私立探偵が仕事をしなければいけなくなる状況と極めて近しい。

しかし、SNS的なものと、書物的なものとが作中で入り混じりながらも、その二つのメディアの差異を衝突させ対決させる方向には作品は展開しなかった。

六巻の犯人グループは、引きこもり、嫉妬で人を叩く、操るなどの要素があり、ネットの悪い性質を象徴しているようにも見える。

真犯人である老婆・久我山真理に操られている孫の寛子は、このように動機を述べる。

「あなたの方がわたしよりも全然知識があって、頭の回転が速くて、美人だった……会うたびに思ってたよ。この人はわたしの欲しいものを全部持ってるって」(p282)

シンプルな僻み、妬みが攻撃の動機になっている。これは、ネット上でよく見るルサンチマンに極めて近しい。寛子と栞子はネット上でやりとりしていたが、栞子は二人は仲が良いと思い込んでいた。ネットでは演じることができるし、本心が伝わらないという「切断」の要素が強調して書かれている。書物が「縁」をつないでいく物語全体の中で、ネットの描かれ方は、まことに「書物」と正反対のものとして描かれている。

ネットに関わる人間は邪悪で醜く間違っており、書物に関わる人間は善良で美しく正しい――そう綺麗な構造になっていれば話は簡単で、「ネットをやめて本を読もう」という啓蒙のメッセージも分かりやすいのだけれど、そう単純な結論にもならない。そのようなメタメッセージを発している傾向はあるにはあるのだけれど、第六巻で提示された「ＳＮＳ」と「書物」というメディアの問題系は、第七巻で放棄され、代わりに第七巻で展開されるのは、「良い読者」と「悪い読者」を巡る葛藤とも言うべき内容である。

探偵役の栞子は本好きである。犯人や悪役も本好きの場合が多い。どんな卑劣な手を使ってでも本を手に入れようとする執着心を持っているコレクターや、悪徳古書店たちが敵となる。

一言で言えば、「良い本好き」と「悪い本好き」とが対決するというのが、第七巻の内容となる。「良い本好き」の代表である栞子の中にも、語り手が不安を覚えるような「悪い本好き」に通じる側面がある。なにしろ、第七巻で対決する相手は、母と祖父という血縁者であるのだから。「同じ血を引いている」という設定は、両者が紙一重の存在であるということを読み手に感じさせる効果を持っている。

語り手の大輔が結婚するかもしれない相手の栞子が、「悪い本好き」になるかもしれない。

それが第七巻の中心となるサスペンス（宙吊り）である。もうひとつ、それと裏返しにあるのが、母や祖父は「悪い本好き」に見えるが本当にそうなのかという問いである。謎を解くことで、その心理を探るのが第七巻のクライマックスだ。

結論から言えば、「悪い本好き」に見えた彼らの中にも「良い本好き」の要素があり、なんとなく和解し、めでたしめでたし、ということになる。「本好き」は基本的に悪人であったとしても同情的に書かれる。太宰の本を狙って栞子に重傷を負わせた犯人も――語り手の大輔の従兄弟だと判明するが――刑務所に服役しているとはいえ、比較的同情的に描かれているし、第六巻の後半では大輔・栞子たちと共闘する。本好きの人々は、「単なる悪」として書かれるのではなく、「本好きがそんなはずはない」というような潜在的な願望に基づいているかのようなアフターケアをされるし、最終的には大輔・栞子たちと（心理的に）和解しうる。

それに対し、ＳＮＳを駆使した老婆・久我山真理の場合は、七巻の冒頭でいきなり入院して意識不明になって、それっきりである。読者や主人公達が共感や和解を心理的に可能とする描写などは存在せず、アフターケアがない。書物好きの場合は、たとえ犯罪者であっても、悪に見えたとしてもそうではない（かもしれない要素がある）と丁寧に描いてきたことと対照的である。単なる嫉妬・悪意だけを動機とする孫の寛子の場合も同様である。本を愛する人たちには複雑で豊饒な内面があるが、ＳＮＳ世代の人々にはそれはないのだとするメタメッセージを発しているようにすら思われる。

『ビブリア古書堂の事件手帖』の可能性と限界

ネットを悪いものとして描き、本好きを良いものとして描く。本を、縁をつなぐ、恋愛を成就させるものとして書くことで、情動や欲望のレベルで「書物」への愛好を生もうとするという『ビブリア』の戦略は、捩れている。これまでの本論の流れからすると、書物は「論理的」「理性的」な主体を構築するからこそ、ネットファシズムの時代に抵抗できるものである。しかし、書物の方が良いものであるということを、本作は、論理や倫理として語るわけではない。あくまでも、「縁」なり「情」に結びつく形で、本の優位を読者に訴えかけるところが、本作のユニークさである。ネットで展開される「情動」とは異なるような、文学作品や書物によって示される深い人間性やドラマこそが肯定されている、と言っても良い。探偵小説は「論理」的に「事実」を探るものであるが、本作は、言葉の端々からの「読み」によって「心理」を探る作品である。

確かに、ネットメディアは短絡的で情動的で反射的な反応をするように人を訓練しやすい。それに対抗するために「書物」を読み、理性的・論理的に判断できる「主体」を増やすことがネットファシズムやポスト・トゥルースへの対抗にはなる。しかし、論理や倫理で説教しても人が本を読むようになるとは限らない。書物には「思い」があり「縁」があるという点を強調するのは、危ういが興味深い戦略である。

『ビブリア古書堂の事件手帖』がその代表の一角を担う「流通のメタフィクション」は、インターネットや情報社会の感性を取り入れる小説と一見正反対のものに見えるが、実は同時発生的なジャンルであると看做しうる。片方は新しいメディアの感性に対し受け入れる手法を選び、他方は新しいメディアを意識しながら、旧来のメディアの存在意義それ自体を問いかけ、自己証明しようとする（物質としての本の価値や、それのみがつなぐことのできる絆、などという形で）。そのどちらもインターネットという新たなメディアがもたらした衝撃に対して敏感に反応しようとしたものである。

「流通のメタフィクション」は、悪くすると、本好きによる自己慰撫として機能し、本の読者を縮小再生産することになるかもしれない。だが、そこには改めて本の価値を意識化させることで別の展開につながっていく可能性がある。かつて「読むこと」を教育した探偵は、『ビブリア』では、「本そのもの」の存在意義をも欲望、欲動、魅力、萌えなどを通じて教育する。そして、そのことを通じて、「ネット」によって内面を形成された主体（ポストヒューマン？）ではなく、「書物」によって内面を形成された（近代的）「人間」をこそ高らかに謳いあげることが、『ビブリア』の行おうとしたことだ。

その狙いを充分に評価した上で、個人的な不満を述べるならば、やはり、第六巻で展開された、ネットと書物のメディアの対決の問題系をもっと徹底化させるべきではなかったかと思われるのだ。接するメディアによる内面の変化や、メディアの性質の違いなどをもっと顕在化させ、検討するべきではなかったか。ポスト・トゥルース時代の実践倫理を探るという本作の主題からすると、『ビブリア』は倫理的だし、正しいが、保守的かつ反動的すぎるのではないかと思われるのだ。

メディア環境を意識的に描くこの作品それ自体が、現在のメディア環境の中でどのように機能するのかの自覚がなかったわけはないだろう。現状のメディア環境の中での自覚的反動の戦略を最大限に評価した上で難点を言うならば、これは後退戦である。年々、本を読む人が減り、ネットに接する人が増えていく現状において、この後退戦の行方は極めて心細い。書店員を巻き込んだり、ドラマ化されることで、書物の価値を改めて発見する読者を増やすという意味では、非常に有益な役割を果たしたが、その先はどうなるだろうか。

私は、かつての朝日新聞や毎日新聞が、ネットメディアを叩きすぎていたことを思い出す。ネットを悪者にして切断処理をするだけでは、「ネット民」と自覚している人たちに届かず、かえって反撥を生む可能性がある。

別にそれを目的としているわけではないであろう『ビブリア』に、それを期待するのはないものねだりであることは分かっているが、ネットメディアに対する保守・反動であることを超え、切断処理する形ではない方法で、このメディアの大変動期に呼応する作品になる道もあったはずだ。全七巻を読み終えて、血縁や恋愛のドラマなどには一応の納得感と満足感を得つつも、情報を伝達するメディアそれ自体を意識化させるミステリとしての物足りなさを覚えるのは、そこである。第六巻でネットメディアと活字メディアの両方が混交するメディア環境を扱う方向性が示唆されていたのだから、それを徹底していれば、本作は現代において真に重要な価値を持つ更なる傑作へと飛翔したのではないだろうか。

多くのファンの反撥を生む発言かもしれないが、「自惚れ鏡」的な作劇の可能性と限界がここにはあるのかもしれない。

（ここで少しばかり、「この書物」、つまり、今あなたが読んでいるこの本についての自己言及的な内省を記したい。では、「評論」という「書物」を書くという方法を選択したお前もまた、読者の「自惚れ鏡」を揉っているのではないかという批判も当然起こるだろう。書物を読むこと、考えること、論理的であることを重視するということは、このような評論書を読むタイプの読者の自尊心を揉っているのではないか。そうかもしれない。というか、そうである。

広義の芸術であるミステリを論じることにしたのは、それがエンターテイメントとして「面白さ」を通じて人の心や世界観に影響を与えることができるからであるというのは先に述べた。「学術論文」と異なる評論の「面白さ」が、「心理」部分に迫るために、完全に実証的とは言えないような飛躍にも踏み切る覚悟性の側面にある、とも思っている。しかしその「飛躍」は、ポスト・トゥルース時代における非論理的な妄想とどの程度違うのか？　確かに、接近するし、重なる部分はある。その上で、差異を見つけ出すために対決しなければならないという内的動機により、この文章が書かれている部分も否定しない。結論は、後に譲ろう）。

三　笑いによる後期クイーン的状況の解決――法月綸太郎『挑戦者たち』

同じように「読者」の問題を扱ったメタミステリがある。法月綸太郎『挑戦者たち』である。本書もまたインターネットを意識しながら書かれている作品であるが、これまで論じてきた二作とは方向性がかなり異なっている。実践倫理が必要となるような空間を作中から徹底して排除した遊戯空間を作るという方針が採用されているのだ。比較していきながら、本書の可能性と限界を探究していきたい。

後期クイーン的問題の、〈笑い〉による解決

一読して驚いた。あの法月綸太郎が、あの「後期クイーン的問題」を「初期クイーン論」で指摘した法月が、よりにもよって、その問題の重要な要である〈読者への挑戦〉を無数にいじり倒して、99通りものパロディにしてしまうとは！　これは一体、どういうことなのだ

ろうか。後期クイーン的問題とはどのような関係を持っているのだろうか、あるいは持っていないのだろうか。考え込んでしまった。

法月綸太郎、笠井潔、小森健太朗、飯城勇三、諸岡卓真の論を参照しつつ、後期クイーン的問題の要点を簡単にまとめるならば、①謎とその論理的解決を主眼にし、②作者と読者のフェアプレイを前提とし、③「謎解きゲーム空間」を成立させる、という、本格ミステリというジャンルに特有の性質を前提としている。「後期クイーン的問題」は、この「謎解きゲーム空間」が本当に成立するかどうかに関わる。①偽の証言、②偽の手掛かり、③操り、など、様々な理由により、探偵が「本当に真相に辿り着いたのか」を論理的に確定することはできないのではないかと、ゲーデルを引用して法月は語った。論理的な「無限後退」を食い止めることができないがゆえに、作中世界の探偵にとっては謎の解決に至ることができないと、論理的には考えられる。しかし、本格ミステリは、あくまでフィクションであり、〈多くは〉小説なので、「謎解きゲーム空間」を成立させる強引な手段が使える。それが、〈読者への挑戦〉である。作者、もしくはそれに準じるものが、メタ審級から、「この本は本格ミステリで、フェアプレイで、ここまでに出てきた文章から論理的に犯人を読者も導けますよ」と保証することによって、「謎解きゲーム空間」が成立してますよという安心感を与え、同時に、無限後退する様々な悪魔の証明や陰謀論じみた懐疑にハマりこまなくて済むというわけだ。

しかし、今回。その〈読者への挑戦〉こそが、信頼できないものにさせられてしまっている。レーモン・クノーの、同一の状況を99の文体で書き分ける実験的な小説『文体練習』を踏襲し、99のパロディ的な「読者への挑戦状」が書かれている。その中には、「読者への挑戦状」が信頼できないというメタ階層を意識したものもある。31の「QED」がそれである。「この挑戦状には、**QEDオーサー証明書**（＊）が発行されています。」(p70) という、インターネット上の文章として設定されたこの文章は、「読者への挑戦状」が信頼できないものである可能性をも視野にいれ、外部の「認証団体」が本格ミステリの「フェアプレイ」性を保証するというシステムになっている。

『挑戦者たち』において、後期クイーン的問題は、解決が放棄されている。こう言っていいなら、解決を放棄するという形での解決が図られている。〈読者への挑戦〉をパロディ的に複数化し、その「要石」としての機能を破壊することで、「謎解きゲーム空間」は成立しなくなる。無限階層と無限の懐疑に開かれた空間が解き放たれる。

……とは言うものの、これが「大変なこと」だと思っているのは、おそらくは本格ミステリの愛好者たちだけだろう。本格ミステリ以外のフィクションはおろか、現実におけるあらゆる事柄は、虚偽、見逃し、騙し、操りに満ちており、無限後退や無限懐疑は放っておくといくらでも発生しまくるからだ。マスコミは嘘をついているかもしれない、政府は嘘をついているかもしれない、ネットの情報のどれが本当なのか、この計測値は嘘かもしれない、自分で数値を測ってみても計器がおかしいかもしれない、自分の脳がおかしいかもしれない……とまぁ、原発の放射性物質が健康にどのぐらい被害を与えるか調べるだけで、すぐに無限にハマる。それどころか、愛情が本物かとか、嘘を吐かれていないかとか、組織の中での政争に巻き込まれていないか、などなど、無限後退と無限懐疑の機会などはいくらでもある。

むしろ驚愕すべきなのは、生活世界において、この無限にハマらないようにして人々が生きていることそのものなのだが、おそらくよほどの人以外はこれを回避して生きているだろう。日々接する全ての事柄について確実な状態にまで証拠を無限に揃えていくなんてことは、物理的に不可能だからだ（あるひとつの事柄を徹底的に疑って一生を過ごす人がいたとしても、その人は他の事柄の場合は「流して」処理しているのだ）。「後期クイーン的問題」とは、このような現実とは切り離された人工的な場所としての「謎解きゲーム空間」を成立させる場合に限定された問題であるというのは、再度確認されていい。

そして、小説というのは、本格ミステリファン以外からも読まれる。特に本作は、パロディ作品であり、その「パロディ元」を知っている読者ほど笑えるように作っていることが推定されるから、何がパロディ元なのかを見ることは、書き手がある程度想定している読者を語ってくれるだろう。第一に挙げられるのは当然ながらミステリのネタなのだが、第二に目立つのはインターネットで流行っているコピペなどである。第三に、カフカやベケットなど、

「神」の主題のものもあるが、まずは第二の、インターネットのネタについて考えていきたい。

インターネットが発展してから、このような無限後退や無限懐疑に人々はハマりやすくなった。特に、東日本大震災以降は、ひどい。相手の背後にイデオロギーや党派を想定したりする。それは、本当のときもあるし、間違っているときもある（個人的に、共産党、テロリスト、などの認定を経験した身からすると、間違っているときが多い気がするが）。相手の発言の真偽、真意、真相を知りたいという欲求自体がネット社会の中で目に付くし、それがよからぬデマや疑心暗鬼につながっていく光景も頻繁に目にする。

書籍としての『挑戦者たち』が投じられる環境は、このような人々が多数いる世界であり、想定読者の一部はインターネットユーザーであると推定されてよいとすると、この書籍は、「後期クイーン的問題」ならぬ「後期クイーン的状況」（と勝手に名づける）を現に生きてしまい、無限後退と無限懐疑にハマっているような読者に対する、ひとつの「解決」の提案と捉えうるのではないか。

解決しないことが、解決になる。これを正確に言うと、論理的に解決しないことが、心理的解決になる、ということである。本作は、論理的解決を放棄し（むしろ、メタ構造をより激しくし）、心理的解決を提示することを選択した。その心理的解決とは、「笑い」である。

論理的には無限後退し、懐疑が止まることはない。「悪魔の証明」なんて入ってきたら最悪である。そんな懐疑や不安にとりつかれていては、生きていけない。連続殺人犯を突き止めないと自分が死ぬとか、職業的な探偵や刑事ならともかく、そこまで全てを疑う必要もない（若い人は、LINEやSNSなどで、友人や親密な間柄すら、スパイ物のような懐疑的な関係性にもうなっちゃっているのかもしれないけど）。

「笑い」は、論理的には解決不可能なこの問いを、不安や懐疑という心理的メカニズムに働きかけることで、止める。

フロイトは「ユーモア」の中で、普段は峻厳な「父」のような機能を果たす「超自我」が、ユーモアの場合には「滑稽」を生み出すのだと述べている。超自我（大人）が、自我（子供）に対し、「子供にとっては重大なものと見える利害や苦しみも、本当はつまらないものであることを知って微笑している」（『フロイト著作集3』p408）「ユーモアとは、ねえ、ちょっと見てごらん、これが世の中だ、随分危なっかしく見えるだろう、ところが、これを冗談で笑い飛ばすことは朝飯前の仕事なのだ、とでもいうものなのである」（p411）。

『挑戦者たち』とは、「後期クイーン的問題」を提示し、その無限の懐疑の問題を提示した、起源の父である（？）法月による「後期クイーン的状況」にある現代に対しての働きかけであり、「それは、たいしたことではないのだよ」というメッセージである。

70「待ちぼうけ」において、ベケットの『ゴドーを待ちながら』をパロディ化していることにも、その意図は見える。「それでもきみは待つしかない。ひたすら待ち続けるよりほかにない。／何を？　「読者への挑戦」を。」（p140－141）と書かれている。『ゴドーを待ちながら』は、GODを思わせるゴドーさんをひたすら待ちわびるという戯曲である。つまり、「読者への挑戦」こそが神のような審級として機能するのだが、それは待っても待っても訪れるものではないという認識が語られている（実際に訪れている99の「読者への挑戦」も、それとしては機能していない）。

『ゴドーを待ちながら』は、不条理演劇とも言われ、難解だと思われがちだが、それは演出次第であり、モノによっては大爆笑になるバージョンもある。不条理というと悲惨なイメージだが、英語ではabsurd。合理じゃない、理性に反している、あるいは単に、ばかばかしいと訳される。

無限後退、無限懐疑を論理的に止めてくれるような「神」は現れない（むしろ、神というのは、「なんで」「なんで」連鎖の果てや、無限後退の果てに出現してしまった、人間が論理的に説明できないものを心理的に納得させる装置であると言うべきか）。神が降臨しなくても、ぼくらはぼちぼちやっていける。神が訪れず確証も得られない、このバカバカしい世界を、笑ってやりすごせるのではないか。

だから、無限に懐疑したり、不安になったりせず、笑おう。世の中は色々危なっかしくて心配になっちゃうけれども、大丈夫。心配しすぎると、それで潰れちゃうから、ほどほどに。『挑戦者たち』は、妄想的論理のメカニズムに、笑いとユーモアで心理的に介入するという戦略を選んだ作品なのである。

三種のメタミステリ

ここまで、本章では、三人の作家の、三種類のメタミステリの戦略を見てきた。インターネット時代のポスト・トゥルース状況に対して、「ミステリ小説」の構造を用いてアプローチしている顕著な例である。

深水黎一郎は、ネット的な「読み書き」の変容とメディア空間を模した設定を小説作品の中に導入することで、読者に加害者性を意識化させ、叛乱を呼びかけていた。それは『虚無への供物』のように、「観客」的に事件を楽しんでしまう読者を告発するメタミステリである。

一方で、三上延『ビブリア古書堂の事件手帖』は、「書物」を巡る「縁」を魅力的に描くことで、「読書」それ自体の価値を感性を通じて訴えかける戦略を選んだ。ネットの世界を切断処理しているという問題点はあるものの、ネットというメディアに感性・認識を変容させられてしまう人々を「書物」に取り戻すには有効な戦略のひとつである。本の中でいくらいいことを言っていても、そもそも本を読む人がいなくなれば、効果は失われてしまうのだから。

法月倫太郎の『挑戦者たち』は、「後期クイーン的問題」に原理的な解決をつけるのは諦め、「後期クイーン的状況」になってしまった現代の環境の中で生き延びるための実践倫理を提示している。無限の懐疑や、無限後退ではなく、笑いを。身体の動作を伴う哄笑により心理的な安定を。

『挑戦者たち』の示した考えは、倫理としては、実際に起こっているネット犯罪の被害者たちには受け入れにくいものかもしれない。犯罪の犯人を論理的に見つけ、証拠に基づいて告発し、公正な処罰を与えるという類の「倫理」ではないからだ。実践的な倫理が必要とされる現実空間から完全に切り離された、「言語遊戯」の世界に撤退してしまうように見えるということが、この「笑い」による解決の払った代償である。

この三種の中で、最も可能性を感じるのは、深水黎一郎の方法論である。ネットと書物の「二重状態」それ自体を組み込むことにより、形式と内容が畸形的に進化しており、その両方にまたがった読者にアプローチしうるものだからである。『ビブリア』の戦略は、理解はできるが、ネットを排除しすぎである点が弱い。『挑戦者たち』の方法は、「ネタ」的にネットの世界を見ている感性が、現実の差別やヘイトにつながった一〇年代を見ていると、ゼロ年代への後退に過ぎないのではないかという気持ちもどうしても持たざるをえない。とはいえ、妄想的、陰謀論的な想像力それ自体を内在的に解体し哄笑と化すという方法論を、「後期クイーン問題」の提唱者が提示したことの意義は噛み締めたい。遊戯的で現実世界から切り離されたエンターテイメントそれ自体が成立しなくなりつつある現在の状況そのものに対する違和の表明でもあると理解されるべきだろう。しかし、もはや「虚構と現実」「政治と芸術」の混濁状況にあるのがポスト・トゥルースであり、『挑戦者たち』のような自律的な遊戯空間を作るという方法も、どこか牧歌的に見える。必要なのは、その内実に迫りながら、内在的にアプローチし、時代を変えていくような作品である。

Ⅳ ドナルド・トランプ vs スティーヴン・キング

本章ではアメリカの例を扱う。

「モダン・ホラーの帝王」であるスティーヴン・キングがポスト・トゥルース時代に入ってから書いた「初めて正攻法のミステリーに挑んだ作品」(白石朗)である『ミスター・メルセデス』と、トランプ時代を先駆的に予測し、「デマ」を用いた情動政治を行う悪役と戦う内容を描いた『アンダー・ザ・ドーム』を検討する。

キングはもともと超自然的な作風で知られるベストセラー作家であるが、超自然的な作風を封印し、ミステリーを書いたのには、理由があったはずである。ヒントとなるのは、キングが実際にドナルド・トランプとツイッターで論争をしていることだ。

結論から言えば、キングは「ホラー作家」としての自身の作風が、現在の恐怖の幻影を用いたポスト・トゥルース政治の時代に影響を与えたと考えている、と推測される。そしてそのことを「贖罪」することが、一つの倫理だと考えているようだ。超自然的な内容を、心理的なロジックに基づいて書き、カタルシスを与えるのではなく、論理と証拠に基づいた不完全な探偵を描くことで、キングはポスト・トゥルース時代に抗している、と考えられる。

ここまでは日本のミステリを重点的に論じてきたが、本章は海外の事例を扱うことになる。アメリカと日本は、ともに似たようなポスト・トゥルースの状況にある。アメリカのポスト・トゥルースと作家として対決してきたキングの実践が我々に教えてくれることはとても多い。

ロマン派詩人、キング

キングは、詩人である。

『キャリー』でデビューする四年前、一九七〇年に書き始められたライフ・ワークである『ダーク・タワー』サイクル（「シリーズ」のことをこう呼ぶ）の第一巻、『暗黒の塔』シリーズを書くにあたって」には、作品を書くに際しての「誘因」が記されている。「もうひとつの誘因というのは、その二年前、大学二年の時に読まされた初期ロマン派の詩である」（『ガンスリンガー』p9）。『ダーク・タワー』というタイトルと主人公名である「ローランド」は、ロバート・ブラウニングの詩「童子ローランド、暗黒の塔に至る」から採られている。「私はブラウニングの詩の世界をそのまま再現するわけではないまでも、その印象を私なりに構築してロマン派仕立ての長編を書いてみたいという考えを翫《もてあそ》ぶようになった」（p10）。

デビューする前から書き始め、今なお続いている（二〇〇四年に一度完結したが、その後に長編が二〇一二年に発表されているので、そう看做して良いだろう）『ダーク・タワー』サイクルが、「ロマン派仕立ての長編」として構想されたということは強調されてよい。キングの始まりは、ロマン派であった。

この論における「詩」は、それ自体では特に意味も価値も意義も持たない何かに、実存にとって霊的とも言えるような価値や意義を与える、主体による能動的な能力という意味で用いる。『ドン・キホーテ』で、主人公ドン・キホーテが、素寒貧なラマンチャの村を、騎士道小説の世界と看做し、自分を「遍歴の騎士」だと思い込んだことを思い出して欲しい。詩的な能力とは、それ自体としては貧相な現実に対し、主体が意味を付与し、生きるに値する世界に変える能力である。それは生きるために必要な能力ではある（無意識にしろその操作を行わないならば、人はこの世界に対し生きる意味を見出せない）が、ドイツ・ロマン主義とファシズムの関係を想起すればすぐに分かる通り、現実を無視して肥大化していく虚構的な世界認識は、政治的・倫理的に巨大な災厄をも招く。

キングは、アメリカ郊外の、詩人である。

郊外の素寒貧で歴史に乏しい現実に対し、超自然的な存在がいる世界を「詩」として描く作家である。彼はゴシック・ホラーを現代アメリカに蘇らせた作家であるが、それ以前にロマン派の詩人であった。

決して到達できない「暗黒の塔」を目指し続ける主人公・ローランドは、「中世の遍歴の騎士と西部開拓時代の保安官とが奇妙に融合した立場」（『鍵穴を吹き抜ける風』p9）であるとキングは語る。手に入らない聖杯を探し続けたアーサー王の子孫であると作中で設定されているローランドは、同時に『白鯨』のエイハブ船長のようでもある。

そして、「遍歴の騎士」が成立しなくなった時代における「遍歴の騎士」であるという点において、ローランドはドン・キホーテである。ただし、こちらはスペインの田舎町ラ・マンチャではなく、アメリカの郊外に生きており、騎士道小説の世界ではなく、吸血鬼やゾンビやUFOがいる世界を現実の上に被せて生きる。『ダーク・タワー』の世界である〈中間世界〉は、〈根本原理世界〉はわれわれの世界と隣接していて、かさなりあう事象が多々ある。「〈中間世界〉と呼ばれる我々の生きている世界とつながっているとされているかの場所には、ふたつの世界をつなぐ戸口があり、希薄な場所や穴だらけの場所が存在することもあり、そこではふたつの世界は実際にいりまじる」（p8）

退屈でつまらないこの世界の日常生活が、そのような世界（作中世界）とつながっているかもしれないという幻想をキングは提供する。そのことにより、現実と虚構とがつながっているかもしれないというロマン派的な魅惑を読者に味わわせる。キングの虚構作品には、戦うべき理由、命を賭けるべき価値のあるもの、巨大な悪、神のような何かの意志、生の意味がある。現代では——イスラム国などに入らない限り——簡単には手に入らないものである。

怪物はそこでは、ただ否定されるべき存在ではない。郊外における実存の砂漠に対し、「意味」と「ダイナミズム」を生んでくれる存在である。虚構の存在である怪物たちと一緒に、恐怖と魅惑とが同じ意味であるような、生と死の意味を回復させる祝祭が行われる。それがキングの作品であった。

七〇年代からのやり直し

私が考えようとしているのは、新世紀のキングである。特に、七〇年代に着手した作品を完成させた『ダークタワー』Ⅴ、Ⅵ、Ⅶ部、『アンダー・ザ・ドーム』（二〇〇九）『11／22／63』（二〇一一）、超自然を封印したミステリ作品である『ミスター・メルセデス』（二〇一四）が気になる。

『アンダー・ザ・ドーム』と『11／22／63』は、政治（家）や集団のダイナミズムを描くことに焦点を当てるようになっている。

八〇年代、九〇年代のキング作品は、個人の内的な問題に寄り添う側面が強かった。亡くなったペットがゾンビになって蘇る墓地に愛する人間を埋めるかどうかの問題を問う『ペット・セマタリー』（一九八三）しかり、作家に対する熱烈すぎるファンを描いた『ミザリー』（一九八七）しかり、宇宙人や薬物中毒のテーマが出てくるものの愛するものの崩壊のセンチメンタルが中心の『トミー・ノッカーズ』（一九八七）しかり。ＤＶを描いた『ジェラルドのゲーム』（一九九二）や、死刑をテーマにした『グリーンマイル』（一九九六）と比較しても、やはり昨今のキングの書く作品の質は変わっている。

これらの作品は、七〇年代に構想され、二一世紀になってから完成されたという特徴もある。

「『アンダー・ザ・ドーム』を最初に書き始めたのは一九七六年」（『アンダー・ザ・ドーム』下巻、p680）、『11／22／63』についても「わたしが最初にこの作品を書きはじめたのは、今は昔の一九七二年だ」（『11／22／63』下巻p519）

これは、私には、デビュー前後に戻っての「やり直し」に見える。『ダーク・タワー』も含め、キングは自身のデビュー当時からの作風を再検討し、再発明する必要性に（無意識にしろ）駆られていたのではないかと思われる。一九七七年に書かれた『シャイニング』の続編『ドクター・スリープ』を二〇一三年に発表したのも、同様の動機が水面下にある。『ダーク・タワー』四部で『ザ・スタンド』（一九七八）、五部以降で『呪われた町』（一九七五）の世界・人物を再訪していることも、これと関係があるのかもしれない。

キングがデビューしたのは、一九七四年。『ダーク・タワー』シリーズで、目的地である塔にいる敵としてキングが名前を借りたプログレッシブロックバンド、キング・クリムゾンが、憂鬱と絶望感と限界を吐露するようなアルバム『ＲＥＤ』を発表し解散した年である。六〇年代の多幸感に満ちた進歩主義の夢が幻滅していった七〇年代を象徴するアルバムである。

キングは一九六六年にメイン大学に入学し、一九七〇年に卒業した。カウンターカルチャーや新左翼の運動が盛んであった時代に青春を送っており、作品にはその時期の多幸感に満ちた記憶が何度も記述される。たとえば、『ダーク・タワー』のメインキャラクターの一人・スザンナは公民権運動に参加していたことになっている。『アンダー・ザ・ドーム』の牧場でのデモのシーンなども想起されてもいい。公民権運動や、ヒッピー的な共同体の理想的な瞬間を描くときのキングの筆致は輝いている。キング作品に描かれるユートピア像や、善悪の基準は、この時代の経験に由来すると思しい。

新左翼運動が盛んな時代、世界がより良いものになる予感、ヒッピーカルチャー的な多幸感に満ちた共同性、アメリカの最も幸福な記憶のひとつである一九六九年のウッドストックロックフェスティバル。キングは決してホラーの帝王としてだけ理解されるべき作家ではない。その反対の、愛や夢や優しさなども非常に強く書かれている。だからこそ、陶酔的な魅力がある。

六〇年代が多幸感に満ちた幻想と理想の時代だとしたら、七〇年代は疑心暗鬼と失望と薬物依存の時代である。コミューンの夢は人民寺院事件に水を差され、意識を解放するはずのＬＳＤは薬物依存の蔓延やその後遺症の苦しさをもたらした。キング自身もアルコール中毒、薬物依存症に苦しんだ（そして作中の重要な人物の多くもそのような状態である）。

ロマン派的心情は、政治的挫折の後に生まれやすいとする説がある。たとえばフランス革命が血みどろに終わり、その失望感の中でロマン主義は生まれた。日本のロマン主義者である北村透谷もまた政治運動の挫折を味わっていた。

七〇年代にデビューしたキングも、六〇年代の「革命」の挫折の中で、虚構によって革命を継続し、理想を追い求めようとするロマン派的な側面のある作家であったと理解されるべきであろう。

ただし、デビュー前に書いていた『ダーク・タワー』とデビュー作『キャリー』の決定的な差も見逃せない。『ダーク・タワー』は〈ポストモダン・ファンタジー〉であるが、『キャリー』はより現実に近い。同時代のアメリカの、実際にキングが見て体験したことが作中にかなり（『ダーク・タワー』よりも著しく）投影されている。

いじめられている女の子が怒りを爆発させ、その怒りが超能力による炎となって惨劇を起こしてしまう『キャリー』は、高校の教師だったキングが実際に見ていた生徒がモデルになっている。作中で描かれているいじめられる原因のひとつに、狂信的な宗教の信者である母親の教育がある。そのせいで、彼女は自身の生理による出血すら理解できないのだ。

家庭環境を含む社会的問題の中で、キングは無力であっただろう。何かを改善しようとしても、「いじめ」の象徴する哀しい状況に生きる人々の全てを救済するのは不可能だろう。そのようなやりきれない哀しみの奥から、超能力による炎は生まれる。現実では不可能な報復が、虚構の中で行われる。現実世界で満たされなかった衝動が、虚構の世界で自由に暴れまわる。

幻想世界に突っ走ることなく両者の火花散らす状況にキングが留まり続ける理由は、常に現実や政治と強い緊張関係を持つ状態に留まろうとする倫理的衝迫に由来する部分もあるだろうが、それが作品を駆動するエンジンでもあるからだろう。耐え難い現実の矛盾や悲痛さから生まれ、それを昇華せんとする心が生み出したロマンが超自然現象の形をとって現れるものとして、キング作品を読むならば。

素朴なロマン派詩人が、現実や社会に直面させられ、すりつぶされた後に、「モダン・ホラーの帝王」として生まれ直す。それは、ロマン派が生まれるメカニズムを私的なレベルでトレースし、再発明することに等しかった。

七〇年代に着想を得て着手していた作品に、二一世紀に改めて取り組むことは、自身をさらにもう一度、再発明・再創造しなおすことを意味していたのではないか。〈ポストモダン・ファンタジー〉である『ダーク・タワー』と、現実の事象に超自然的な何かを付け加える「モダン・ファンタジー」の作風である『アンダー・ザ・ドーム』『11／22／63』をそれぞれ、書くことによって再検討したのではないか。

その結果、これまで書いたことがない系列の作品である『ミスター・メルセデス』のような、超自然現象を排したミステリ作品に至った。その内的な必然性を追跡してみよう。

人生は芸術に影響を与える（逆もまた真なり）

新世紀のキングを考える上で、二〇〇一年九月一一日の同時多発テロ事件を無視するわけにはいかない。私見では、完成までに三〇〇年かかると嘯いていた『ダーク・タワー』サイクルを完結させたのは、911の影響がその理由であると思われるからである（詳細は、「消失点、暗黒の塔」という文章に書いたので参照してほしい）。

解きがたい現実の困難。虚構の中での心理的救済。これこそが、キング作品の重要な魅力の源泉であった。そして、『ダーク・タワー』サイクルでは、作品全体の完成度を損なうことを覚悟で、同時代の事象を取り込んでいる。キングが、自身の方法論を総動員して、911という現実の悲劇に立ち向かおうとした痕跡として、『ダーク・タワー』の五部以降は読める。

その中で、単なる虚構による心理的救済には留まらず、虚構によって現実の問題を解きうるかもしれない、という考えをキングは提示している。「人生は芸術に影響を与える（逆もまた真なり）」（『暗黒の塔』下、p520）と。

虚構が現実に影響を与えるというのは、魔術的な意味ではない。単純に、読者の感性・認識・価値観・倫理観に影響を与えるので、それを通じてこの世界は変わるという当たり前のことを言っているに過ぎない。特に、キングはベストセラー作家であるので、それを起こしうる可能性の度合いは、全然売れない作家（私のような）と比べてずっと高い。

同じあとがきでは、「ある程度、本物語を推進させているのは、思うに、虚構世界が現実世界に突入してくる感覚である」（p522）とも述べている。

悪しきものであれ、善なるものであれ、虚構が現実世界に影響してくる。新世紀のキングは、そのような感覚を持っていた。

だから、新世紀のキングは、善なる虚構と悪である虚構の戦いを、主題にした。「トランプは邪神クトゥルフだ」とキング本人がツイッターで批判したことも、この文脈で考えられるべきであり、トランプを「悪である虚構」を現実化させる作家＝政治家であると看做していると解釈されるべきなのだ。

トランプは映画の俳優であり、WWEにも出演している。さらに、リアリティショーのプロデューサーもやっている。政治家でありながら、「虚構」を用いるのが非常に巧みな人間である。「虚構世界」を現実化させてしまう力が、大統領として実際にある。

この場合の「虚構」とは何か。トランプが大統領に就任する七年前に書かれた『アンダー・ザ・ドーム』の悪役ビッグ・ジムをここに補助線として引くといいかもしれない。自身の私利私欲のために、存在しないテロリストをいると言い張り、存在しない陰謀論をぶちあげ、人々の情動を操作する第二町政委員。それは911以後のアメリカを念頭において書かれているが、「フェイクニュース」（虚構）を用い「情動政治」を行うという点で、トランプと実に重なり合う存在なのだ。

しかし、ビッグ・ジムやトランプと、キング自身も似ているところがある。大衆的な人気を誇るベストセラー作家は、大衆の支持を受けて当選する政治家と、人気を得るという面ではよく似ている。さらに、恐怖を喚起する虚構を作り出す達人であるというところも共通している。現実の上に虚構を重ねようとする態度だって似ているかもしれない。

だからこそ、キングは、ホラー作家としての自身の重大な敵として、ビッグ・ジムというキャラクターを創造し、作品を書くことによる内的な対決をしなくてはいけなかったのではないか。自身がそれとどう違うのかを問わなくてはならなかったのではないか。

端的に言えば、違いは、内省である。罪と暴力を自覚できるか否かが、キング作品の中では、善悪を分ける重大な線である。

独裁が確立していくまでのシミュレーション

ビッグ・ジムのやったことを、具体的に見ていくことにしよう。

『アンダー・ザ・ドーム』は、「ドーム」に囲まれてしまった小集団という設定を用いることで、現代アメリカの政治的な状況をモデル化し、シミュレートしている作品である。

チェスターズ・ミルという町がドームに囲まれる。そこで町政委員ビッグ・ジムが邪悪な策謀を行い、非常事態を口実に権力を増大させていく。ビッグ・ジムは差別主義者で、主人公の黒人・バービーを差別して「綿摘み野郎」と呼んでいる他、共和党支持者であり、熱心なキリスト教徒であり、オバマを貶している。ドームの発生を「テロ」であると看做し、住民達の危機感を煽り、警察権力を増大させ、法を停止し「例外状態」を発生させ、集団を結束させ統治を磐石化させるために冤罪でスケープゴートを作る。演説がうまく、人々は騙され彼を信用し投票してしまう。作中では、彼は独裁者として描かれており、警官隊を次々と増やしていく様子はナチスの突撃隊の比喩で描写されている。

超自然現象そのものの面白さではなく、ドームに囲まれた人々がどのような行動をするのかのシミュレーションが読みどころである。ビッグ・ジムは、911以後、対テロ名目で権力を増大させようとするアメリカの権力者たちの寓意であろうし、人々がいかに騙され、感情を煽られ、法律などが停止し、リンチなどが蔓延るかというのは、現在の言葉で言えば「ポスト・トゥルース」や「情動政治」の状況を描いていると看做しうる。国レベルでは大きすぎかつ複雑すぎて分かりにくいものを、個人の脳が進化心理学的に認知しやすいバンド（群れ）の規模のモデルを用いて描くことで、読者に、ナチス的な権力がアメリカに誕生して成長していくときに何が起こるのかを分かりやすく、かつ、巻き込まれている人々の内面を通じたダイナミズムとして理解させてくれるのが、キングの作品の重要な美質である。

ビッグ・ジムは、チェスターズミルをアメリカの縮図・モデルと看做せば、大統領に相当する。ヒトラーやナチスドイツのたとえが頻出するのがそれを証する。

『アンダー・ザ・ドーム』は、主人公らの「このままでは酷いことになる」と思っている派閥と、ビッグ・ジムが巧妙に仲間に取り入れ煽動した町の住人達の対立が描かれる。主人公達は、このままだと酷いことになると思っているが、信じてもらえない。

構造としては、予知能力を持っている主人公が、核戦争を起こすことになる大統領（候補）を暗殺しようとする『デッド・ゾーン』（一九七九）と同型の物語構造になっている。危機を警告しても信じてもらえない孤独さが主人公達にはある（実際、『デッド・ゾーン』を参照するウインクが本作にはある）。

『デッド・ゾーン』の中では命を賭けた暗殺未遂によって危機は防がれるが、本作の場合は暗殺を試みる者が出るも失敗し、危機は防げず、どんどん最悪の事態へと転がり落ちていく状況が描かれる。「油断したらこんなに酷いことになるぞ」と脅すことで、現実に生きている読者が警戒心を持つのを促す効果がここにある。そのように「危険を理解させる」強い意志がこの作品にはあり、イデオロギー的な効果（あるいは教育効果）も間違いなくある。

この作品から七年後に、トランプ政権が誕生し「虚構世界が現実世界に突入してくる感覚」はより強くなっただろうか。それと同時に、自身が「モデル化」させて伝えた危機が十全に伝わっていないことから、やる気も生まれたかもしれない。あと少し世論が喚起されていれば、トランプではない候補が勝てたかもしれないのだから。ベストセラー作家であるキングが頑張れば、虚構を通じて、現実は変わる、と考えても不思議ではないだろう。

「虚構」を「現実」にする――ビッグ・ジムの場合

政治家によって「虚構」が「現実」になるメカニズムを、キングが作中で書いている。デマや情報操作である。

「この連中はデマを流す達人です」とは、ビッグ・ジムが、自分がデマを流しているにも関わらず、相手をデマゴギー扱いして行った演説である。ビッグ・ジムは演説の天才なので、多くの人がその言葉を根拠無く信じる。「コックスとその手先の連中は、わたしの名前に泥を塗るためならば手段を選びません。わたしを嘘つき呼ばわりするでしょう」（下、p416）

嘘を吐くのが得意な人間が、真実を言っている人間を嘘つきに仕立て上げ、嘘を吐くのが得意だから、それを信じさせることに成功し、多数がそれを信じてしまえば、多数決の原理ではそれが「真実」になってしまう…… 日常的にぼくらがSNSなどで目にしている政治的なプロパガンダの状況をそのまま戯画化したかのようである。

キングは、自らが恐怖とフィクションを操る天才でありながら――であるからこそ――その状況に対して警戒を促す。それは、小説作品の構造（キングの嫌いな言い方をすれば「メタフィクション」）を通じて、読者に伝わる倫理性である。メッセージではなく、（読書行為を通じた）体感として、キングはそれを伝えようとする。

たとえば、『アンダー・ザ・ドーム』において、読者は、登場人物よりも正しく真実を知っている立場にいるので、作中の人々の愚かな言動を見てもどかしくもじれったい思いをする。作中の人物が「バカだなぁ」と思ってしまう。しかし、現実では自分もそうかもしれない。客観的に事態を見ている目があれば、その目から見たら自分はアホで、嘘を信じ込んで加害者になっているのではないかと、ハッとさせられる。もちろん、現実には小説の登場人物を見るように俯瞰的な視点に立つことなどはできないし、そのような視線は存在していない。読書それ自体が、自身を見詰める超自我のようなものを生み出すようにキング作品は構造化されているのだ（実際、結末近くでは、作中人物は、この作品を楽しんだ読者を責めるかのような台詞すら言う。彼らを実験台にして観察した異星人を責める言葉は、そのまま読者や作者に跳ね返ってくる）。

小説という「モデル」を通じてキングが読者に伝えようとするのは、メタ構造とダイナミズムを通じて体感されるメッセージである。読者を倫理的な主体に立ち上げると言ってもいい。神のように我々を見守っている主体が存在するか̀の̀よ̀う̀に̀内面を構造化すると言ってもよい。それは、小説というメディアを通じてしか伝えられない質の経験である。メディアをそこまで使うほどの自覚性と倫理性がキングにはあるのだ。

大統領と暗殺

現実のツイッターにおいて、スティーヴン・キングがトランプ大統領を言葉で攻撃し、トランプ大統領からブロックされるという戦いをしていることには、奇妙な味わいがある。大統領（候補）を攻撃しようとした『デッド・ゾーン』の主人公を、現実のキングが模しているかのように見えるからだ。まさに「人生は芸術に影響を与える（逆もまた真なり）」。

もちろん、銃で暗殺をするのと、ツイッターで喧嘩するのとではレベルが違うのだが、『ダーク・タワー』六部でキングが自らを「ワードスリンガー」と名指したこと考え合わせると、面白い景色が見えてくる。「ガンスリンガー（拳銃使い）」をもじったその言葉は、銃弾と言葉が重なり合っているという認識を示しているからだ。

『11／22／63』が、ケネディ大統領の暗殺を阻止する物語であったことも、思い起こせば興味深い。大統領と対峙する作品を、キングが現実世界で演じなおしているかのようだからだ。

一九七九年に発表された『デッド・ゾーン』含め、キングはこの時期、大統領と暗殺に関係する物語を複数構想していたと思しい。『デッド・ゾーン』は暗殺を行う者の話だが、『11／22／63』はタイムスリップをして暗殺を防ごうとする者の話である。ケネディ暗殺を防げば歴史はより良くなると思い込んだ男が人生を犠牲にしてそれを実現し、得たのは、より悪くなった世界だった。キング牧師が暗殺され、シカゴで暴動。ジョージ・ウォレスという男が大統領になり、「シカゴを焼夷弾で爆撃して屈服させた」(p485)。それは、「一九六九年六月のこと」。ベトナム戦争も激化し「一九六九年八月九日」に「ハノイは放射性物質の雲となった」(p485)(多分、ウッドストックはなかったのだろう)。以降、核戦争が続き、世界は地震と放射性物質による汚染により壊滅的な状態になる。主人公の善意によりこれが起きた。主人公は人生のかなりの時間を費やしたそれを放棄し、もう一度時間を戻り、元に戻す。全て無駄だった、良くしようとしたことが物事を悪化させた、という『デッド・ゾーン』の反対の方向性を持った悲観的な物語である。

未来の予測が正しく、行動した結果世界がよくなったパターンが『デッド・ゾーン』。未来の予測は正しかったけど、行動しても良くできなかったのが『アンダー・ザ・ドーム』。未来の予測を間違い、行動した結果より悪くなるのが『11/22/63』である。どれも悲劇だ。

しかし、重要なのは結末ではなく、状況の中で人間たちが悩み、勇気を出し決断し行動したことである、ということを、作品はメタメッセージとして語っている。登場人物たちにたくさんの紙幅を割き、描写していることこそが、「この人物には、書かれ、読まれる価値がある」というメタメッセージにもなっている。作者と読者が、神や天使の代理として見守っているという感覚を生む。本当は神や天使のいない素寒貧な現実を生きているかもしれなくても、フィクションにより「生きる意味」を提示し、慰めを与える。ロマン派詩人としてのキングは、「小説」というメディアの構造を用いてそれを行う。

「恐怖」を生み出す「フィクション」

キングが「初めて正攻法のミステリーに挑んだ作品」(白石朗)であり、超自然的な現象が描かれないことで話題になった『ミスター・メルセデス』(二〇一四)もまた、「虚構」を操作する悪を描き、それと対決する物語である。

これまでに記したようなキングの方法論的な意識と、現実の政治状況に自作が影響することへの自覚から鑑みて、作風の変化が全く無意味に行われたとは考えにくい。では、なぜこのような作風に変化させなければならないとキングは感じたのだろうか。

『ミスター・メルセデス』に登場する退職警官ビル・ホッジスは、スーパーマンではない。車を盗まれて大量殺人に使われてしまった女性を、「キーを置き忘れた」と決めつけ、結果として「殺人に手を貸したも同然である」という罪悪感を植えつけてしまい、自殺に追いやってしまう(後に、その女性がキーを忘れたわけではないと分かる)。

「自分は(中略)現役時代にお粗末きわまる捜査という罪を犯し、結果としてミスター・メルセデスを助け、犯行をうながしてしまったのではないか。いわばわたしたちは、〈ビルとブレイディが女性たちを殺した〉とかいう題名のリアリティ番組の登場人物だ」(下、p246)

この罪の意識と贖罪への志向は、『アンダー・ザ・ドーム』の主人公バービーと共通する。彼は、イラクで、現地の人々を拷問し殺害する現場に参加したことを悔いてこのように言う。

「やってしまったあとでいくら悲しもうと、破壊のあいだに喜びを感じた事実を贖《あがな》うことはできない」(下、p678)。

探偵役のビル・ホッジスは、偏見もあるし、間違いも犯すし、迂闊な人間である。人命を奪うような致命的な加害に関わってしまった、と本人は考えている。ただ、彼はそれを自覚し、反省し、償おうとする。その女性にコンタクトを取りチャットなどを通じて心理を操作し、死に追いやった犯人ミスター・メルセデスを追い詰めていくことで償おうとするのだ。

ホッジスとミスター・メルセデスの戦いは、ほとんどが知能戦である。煽って不用意な発言を引き出すためのチャットの描写は、ほとんど匿名掲示板での煽り合戦を見ているかのようである(「毒餌」と題されている章は、ほとんど日本語のネット用語で言う「釣り」だ。「煽れ」とホッジスが自身に言い聞かせる場面すらある)。ワードスリンガーに言わせれば、銃弾ではなく言葉で撃ちあっているようなものだ。

警察すら騙し、嘘を吐いて同情を引き、被害者を心理的に追い詰める犯人——自殺を仄めかすことで、「助けなきゃ」という気にさせた挙句、大量殺人をしたのはあなたのせいであると責めることで罪悪感を掻き立てる。

特記すべきは、その犯人が自殺に追い込むために、「幽霊」を用いたことだ。事件の犠牲になって死んだ赤ん坊の声が聞こえているると思わせるように、パソコンの中にファイルを仕込んでおいたのだ。存在しない超自然的なものを用いて人に恐怖を与える能力という点で、彼の行為はホラー作家のそれに等しい。この超自然現象は所詮はチャチな子供騙しに過ぎない。それでも見抜けない者は死に追いやられる、弾丸に等しいものである。

言葉により、恐怖を生み出し、自殺に追い込む。あるいは、言葉により、脅威を捏造し、権力を掌握し社会を破滅に導く。キングが最近描いているのは、そのようなフィクションの用い方をする人々との戦いである。自身と近いからこそ、対決し、差異を明らかにしなければならないような敵として、彼らがいる。

何が似ているのか。キングは、ロマン派詩人として、虚構と現実を混濁させやすくなるテクニックを用いる。商品名や野球選手やＴＶ番組の固有名の多用もその技法のひとつだ。その点、トランプの使うリアリティ・ショーや、脅威を捏造して危機感を煽ることと、「虚実を曖昧にする」技術の使い手であるという点では共通点があるし、作中のビッグ・ジムやメルセデス・キラーとも等しい部分があるのだ。

キングの作家的な魅力そのものに内在する問題もある。キングの作品には現実の社会の複雑な状況をモデル化することで、対象化したり、理解可能なものにしてくれることのカタルシスがあるが、物事を単純化し、分かった気にさせ、複雑性を縮減させてくれる装置としては、陰謀論と極めて似た部分もある（実際、陰謀論的想像力の産物に接近して作品が作られることも多い）。

陰謀論は、原因や主体を単純化し、分かりにくい世界を理解可能にし安心させてくれる物語である。

キング作品は、超自然的なオカルト現象を作中で用いて、論理やエビデンスに基づくロジックというよりは心理的なロジックで作品が構成されていることが多い。それをロマン主義的と言ってもいい。現実原則ではない別種のロジックに沿った展開をし、そのことが心理的なカタルシスを強く与える。その麻薬のような魅力がキングにはある。

しかし、そのような「事実」や「論理」を軽視した心情のロジックのドラマツルギーには、もちろん問題がある。事実やロジックではなく「情動」の気持ちよさのロジックで物事を判断する人々が、すぐに陰謀論に陥り、差別や暴力に走っているさまを少しでも見ているのなら、この危険性から目を逸らすわけにはいかなくなる。実際、『アンダー・ザ・ドーム』で批判的に描かれていたものは、それだ。

この問題こそ、『ミスター・メルセデス』で超自然現象が登場せず、リアリズムで貫いた探偵小説に作風を一気に変化させたことの背景にある動機としてあるのではないだろうか。それとも、この解釈も「事実」や「論理」を軽視しているだろうか（そうかもしれない）。ある程度は妥当性と根拠があると信じたいが、判断は読者に委ねる。

超自然的な作風の封印

キングは、自身が書いた作品が、世の人々の思考・感性のスタイルに与えた影響について、深く考えたのかもしれない。ベストセラー作家であれば、アメリカの人々の思考スタイルに影響を及ぼすことは十分にありえるし、少なくとも本人は作品が人生に影響を与えると思っているので、考えないとは思えない。

ロマン主義は、ファシズムの心理的な基盤となった。そしてファシズムは、『アンダー・ザ・ドーム』の中で徹底的に解剖されシミュレートされ批判されつくしたものである。だから、作品の構造がもたらす読者への効果に意識的な作家であるキングは、自身のロマン派詩人的な作風や論理ではないロジックの作劇が、現実に与えるかもしれない影響を鑑みて、それらを封印する試みを行ったのではないか。時に危うく逸脱しかけるにせよ、事実と証拠と論理に基づいて事件を解決する退職刑事を主人公にした『ミスター・メルセデス』には、それを強く感じる。

作中人物が、自身が無自覚に加担したかもしれない（言語や認識による、間接的な）暴力に非常に強い罪悪感を抱き、贖罪の機会を求めていることも、そのような解釈に誘う理由のひとつである。もちろん、作者と登場人物の思考はイコールではない。しかし、キング作品の登場人物は、キング自身の思考と同調している率が高いし、実際、『ダーク・タワー』ではローランドと、作中に登場した作者キングの思考と体感が重なる描写を敢えて行っているので、このような解釈を敢えて行うことは許されるだろう。

ワードスリンガーは戦い続けている。自身の作風である、モダンホラーとロマン派詩人的な側面を封印してまで。自己否定と贖罪の果てに、これまでとは異なる作風の作家へと、自身を再創造しながら。

V 主体の変容と、現代ミステリの危機

一 「体現」から、「対応」、「対抗」へ

小森健太朗〈ロゴス・コードの変容〉論の先駆性

ポスト・トゥルース時代は、「ポスト・トゥルース」という言葉が広く使われる以前から少しずつ進行してきた。

本章の前半では、ポスト・トゥルースを担う主体について、ミステリ作品やその評論が十五年以上前から行ってきた思索の歴史を簡単に叙述し、歴史的な位置付けを行いたい。「ポスト・トゥルース」的な状況、すなわち、論理が通用しなくなり、空気や「夢の論理」などが優勢になる状況を、現代日本のミステリはゼロ年代から扱い続けてきた。

ゼロ年代に、脱格系、ジャンルX、ファウスト系などと呼ばれてきたミステリ作品は、ネット社会とオタク・カルチャーの一般化の衝撃により変化した世界観・人間観を体現しようとしたミステリであった。既存のリアリティとは異なるリアリティを表現するために、「夢の論理」「狂気の論理」などと呼ばれる技法を用いており、人間はすでに近代的な人間では

なく、乖離していたり、人格障害モデルになっていた。

小森健太朗が二〇〇七年に刊行した『探偵小説の論理学』で、〈ロゴス・コードの変容〉として注目したのがこのジャンルである。

小森の議論は、笠井潔が「容疑者X論争」などで、二十一世紀の探偵小説の読者は、論理や自我のあり方が変わっているのではないかと問題提起をしたことを受けている。

『探偵小説の論理学』の中で、読者と書き手から見出される〈ロゴスコードの変容〉として以下の特徴が指摘されている。

- 全体を読み通せない
- 論理的思考の持続力が乏しい
- キャラクターで読む
- 「情報がまだ断片的で、多くのことが未確定な状況で」推理が飛躍している
- 奇怪な倫理観を共有している
- 〈狂気の論理〉、フロイトの言う「夢の論理」、人々が妄想の〈孤独の島〉に住んでいる
- 「他人とのつながりの感覚を欠いている」
- 「他者と同じ基盤を提供してくれる共通の土台／現実世界を欠いている」
- 「合理的な世界観、自然科学が提供する現実も、彼らには信じられていない節もある」

「近代世界で自明なこととされた自然科学が真理とする世界観への信念を彼らが欠いている」

この指摘は、既にミステリや小森が、ポスト・トゥルースの時代を先駆的に捉えていたことを示す。

批評家としての小森が書籍を刊行したのは二〇〇七年。論じられている作品はそれよりも早い。作家が「炭鉱のカナリヤ」として時代の危機を呼吸し表現しており優れた評論家であればその兆候を適切に捉えることなのだろう。

ここで指摘されていることの多くが、ポスト・トゥルースという政治的な状況の担い手の特徴と重なることに、多くの人々は戦くべきなのかもしれない。作家たちの先駆的な認識と洞察に敬意を払い、注目しなければいけない理由のひとつがここにある。カナリヤは的確に未来の危機の匂いを嗅いでいる。そのひとつの瞠目すべき例である。

「人間」と「欲望」の終わり?——ラカン派の問い

小森のこの分析は、現代のラカン派の思想家の分析と重なっている部分がある。

精神分析の考え方によると、近代的な「人間」とは、絶えず何かに急き立てられる「神経症」であると定義される。

廣瀬純『自由と創造のためのレッスン』によると、ラカン派の分析家たちの中では「人間」がいなくなってきているという考えが出てきているらしい。廣瀬の「精神分析とその「大義」」(2)から引用する。

「神経症」が人々の心的生活の一般的な様態をなしていた時代は確かにあった、しかし今日その時代が終焉しつつあると、精神分析家たちは考えている。

他方、「倒錯」が人々の心的生活において「ふつうの」様態になるとは、欲望を無意識として編成する作用としての「抑圧」が失われ、人々の意識のただなかで欲望がおのれ自身を「自由に表現する」ようになるということだ。「神経症」と「倒錯」との相違は、欲望の充足という観点からも捉え得る。神経症においては、どんな対象に主体が出会おうとも、その欲望が完全に充足されることはけっしてない。神経症者は「享楽」(完全な満足)を知らない。欲望は抑圧されており、その様々な代替物によってのみ、主体は対象との出会いへと導かれるからだ。しかし、欲望を際限なく迂回《うかい》させるこの神経症的過程によってこそまさに、主体は、つねに新たな事物を創造し続ける特殊な動物としての「人間」になる。無意識的欲望が意識にその代替物を送り込み続ける限り、主体は新たな対象の創造をやめない。これに対して、倒錯における主体は、欲望の完全な充足、享楽を経験し得る。倒錯者は、抑圧とそれゆえの迂回とを逃れた欲望によって直接的に、対象との出会いに導かれるからであり、倒錯者にとって世界には、欲望を完全に充足させる対象と、欲望をいっさい充足させない対象としかないからだ（倒錯のひとつにフェティシズムがあるが、フェティッシュとは、主体を享楽させる対象に他ならない）。倒錯者は、したがって、新たな対象の創造を知らない。おのれに享楽をもたらす諸対象のその反復だけが倒錯者の関心を引く。「ふつうの神経症」から「ふつうの倒錯」への移行が精神分析家たちにとって（危機的）問題なのは、これによって、少なくとも彼らが従来定義してきた限りでの「人間」が消滅することになるからだ。

このような「人間」の変化が起きているのだとすると、背後にある「現実」「真実」「真理」を、到達できないにせよ無限に欲望し続ける「神経症」的な主体を前提としていた時代のミステリと、現在のミステリは、異なったものになるのは当然ではないだろうか。そもそも、ミステリは神経症的な主体の欲望を前提としたジャンルではなかっただろうか。

第II章でも少し触れたが、主体が変容することは、ミステリの存立基盤を脅かす脅威なのである。それを考慮しつつ、この新しい主体についてもう少し論述していくことにしたい。

東浩紀『動物化するポストモダン』の見立て

「神経症」ではなく「倒錯」というメカニズムは、断片に対する執着や、「萌え」に興じ続けることで生を支えているオタクたちの在り方に近いように感じられる。その好む作品の多くは、アニメやゲームやライトノベルなどの「表層」が強調された作品である。佐藤友哉、西尾維新、舞城王太郎、清涼院流水ら、ゼロ年代に注目された「ファウスト系」「脱格系」と呼ばれたミステリは、「神経症」的なジャンルであるミステリに、「倒錯」的な論理を取り入れたものであると理解しうる。

東浩紀が二〇〇一年に刊行した『動物化するポストモダン』で述べた「オタク」＝「動物」のあり方は、「倒錯」と重なるだろう。

(引用者註、オタクたちは) 感情的な満足をもっとも効率よく達成してくれる萌え要素の方程式を求めて、新たな作品をつぎつぎと消費し淘汰している。(中略) オタクたちの行動原理は、あえて連想を働かせれば、冷静な判断力に基づく知的な鑑賞者 (意識的な人間) とも、フェティッシュに耽溺する性的な主体 (無意識的な人間) とも異なり、もっと単純かつ即物的に、薬物依存者の行動原理に近いようにも思われる。(p128–129)

ポストモダンの人間は、「意味」への渇望を社交性を通しては満たすことができず、むしろ動物的な欲求に還元することで孤独に満たしている。そこではもはや、小さな物語と大きな非物語のあいだにいかなる繋がりもなく、世界全体はただ即物的に、だれの生にも意味を与えることなく漂っている。意味の動物性への還元、人間性の無意味化、そしてシミュラークルの水準での動物性とデータベースの水準での人間性の解離的な共存。(p140)

これが、ポストモダンの社会で「人間性」がどうなるかを、「オタク」を例にして東が考えた(二〇〇一年時点での)答えである。

東が「動物化」にかけた期待は、「生の意味」を断片による「萌え」などで充足させ、「物語」を求めないような主体だったのかもしれない。しかし現実では、そこまで徹底化しえず、「意味」を求め、炎上などのネガティヴなものであれ「社交」を求める人々が蔓延した。

断片的なものへのフェティッシュで依存症的な反応と、断片を組み合わせて世界の意味を求める陰謀論的想像力が安っぽく混ざり合っているのが、現状であろうと思われる。

大塚英志『物語消費論改』

東が『動物化するポストモダン』で参照した大塚英志は、二〇一二年に刊行された『物語消費論改』で、現代のオタクたちと政治的状況を結びつけて論じ、警戒を示している。

かつて大塚は、「物語消費」という概念を提示した。それは、作者ではなく消費者自らが「物語」を作り出す、いわば二次創作を肯定するものだった。作者から消費者に権力が移行するという革命や民主化のニュアンスもここにはある。

だが、かつて肯定した「物語消費」こそが、陰謀論渦巻く現在を作ったのではないか、というのが、大塚の自問自答であり、内省である。

「独裁者不在のファシズム」という小見出しの節で、大塚はこのように述べている。

かつて「物語消費論」の中で示した、〈自らが情報の断片をつなぎ合わせわかり易いストーリーと世界像を捏造して自己増殖していく欲望〉は、コンテンツ産業の枠内で行われる限り、それは消費行為としてのみある。しかし、ｗｅｂという新しい環境と結びついた時、それは主体的な権力を生成するシステムに容易に転じる。ｗｅｂの登場は仮説モデルにすぎなかった物語消費論をより徹底して実践可能にし、そのリスクを顕在化する環境としてある、とぼくは今、感じる。（p19）

そして、陰謀論的想像力や、「噂」に惑わされ関東大震災のときに朝鮮人を虐殺した「私刑」の問題などに大塚は議論を広げていく。この書籍は、まだその言葉は使われていなかったが、ポスト・トゥルース時代の問題を兆候として感じ取り、応答していた一冊であると読むことができる。

想像するに、これは、日本だけの問題ではないだろう。アメリカでオルタナ右翼として知られている人々は、ゲームを愛好する人々や、匿名掲示板である4chanに書き込みをしている人が多いとも報じられている。4chanとは、日本の2ちゃんねるやふたばちゃんねるを参考に作られた匿名掲示板である。「ゲーマーズゲート事件」を筆頭に、サブカルチャーに耽溺する人々が政治的なアクションを起こしているという分析がなされることがある。その際に、先に論じた「ピザゲート事件」のように、陰謀論的な想像力がゲーム・パズル感覚の延長線上に生じてくることがある。

ポスト・トゥルース時代におけるネットファシズムの担い手は、それら、変容した新しい「主体」である。「ファシズム」とは、「束ねる」を意味している。個が個として自律していなく、群れとして束ねられるような状態だ。現在では、ネット上の「匿名」集団らが、ネットの回線を通じて「束ねられて」いる状態なのかもしれない。

私見では、確たる実証的な証拠があるというわけではないのに、日本のオタクとネット右翼が結び付けられやすいのは、その主体が、ルサンチマンを刺激したり自惚れを操るなどの情動操作に弱いという共通性を持っているように見えるからではないかと思われる。誤解のないように言っておくと、これをいわゆる「オタク」特有の問題として理解するのではなく、広く「人間」の変容というパースペクティブから理解するべきではないか、というのが本論の立場である。その上で言うならば、「萌え」のようなダイレクトな刺激を好み、その作品の背後に「現実」「他者」が存在することや、倫理性・政治性を考察することを意識しなくても良いというルールになっているエンターテイメントで醸成された感性が、ネット越しに見る他者や現実や政治にまで影響を及ぼしている可能性は充分にありうると思われる。その結果として「表現の自由」戦士などと揶揄されるような、「ヒーロー」を演じてしまうことに帰結する。極めて安っぽいエンターテイメントのような「敵」と「使命」を信じて行動してしまうのだ。

それは間接的な「操り」である、と私は思う。「情動政治」とは、脳に対するハッキングのようなものであり、断片化した「主体」を束ねるための、ネットファシズムの技法である。このような主体ばかりになった世界では、論理的思考は後退し、ミステリは読まれなくなる。

現代日本のミステリは、およそ二十年近く前から、この問題を取り扱ってきた。時代の流れの中でその扱い方は変化しているものの、ポスト・トゥルース的な状況を兆候的に察知し、作品として扱ってきた脈々と続く系譜が存在しているのだ。

「体現」から、「対応」、「対抗」へ

現代ミステリにおける「ポスト・トゥルース」的な事態への応答の系譜を、この十五年前後に限って、素描しておこうと思う。

その内容は、「体現」から「対応」、そして「対抗」へと変化している。もちろん、作品ごとに重なっている時期もあるし、前後している場合もあるが、大まかな流れとしてはそのように記述しても良いのではないかと思う。

ゼロ年代初頭に目だったのは、脱格系、ジャンルX、ファウスト系である。代表的な作家として、佐藤友哉、西尾維新、舞城王太郎、清涼院流水らが挙げられる。

既に記した通り、それは、ネット社会とオタク・カルチャーの一般化の衝撃により変化した世界観・人間観を体現しようとしたミステリであったと考えられる。このフェイズでは、作家自身がその変容を「体現」していた。

「夢の論理」「狂気の論理」などと呼ばれる技法を用いているのが、意識的なことなのか、あるいは作家自身の素なのかも分からなかった。描かれる人間だけでなく、書いている人間

すら、すでに近代的な人間ではなく、乖離していたり、人格障害モデルになっているとでも言いたげな文体や構造の作品が多かった。
小森健太朗が〈ロゴス・コードの変容〉と呼び探求したのがこのジャンルである。もう一度その特徴を挙げる。

・全体を読み通せない
・論理的思考の持続力が乏しい
・キャラクターで読む
・「情報がまだ断片的で、多くのことが未確定な状況で」推理が飛躍している
・奇怪な倫理観を共有している
・〈狂気の論理〉、フロイトの言う「夢の論理」、人々が妄想の〈孤独の島〉に住んでいる
・「他人とのつながりの感覚を欠いている」
・「他者と同じ基盤を提供してくれる共通の土台／現実世界を欠いている」
・「合理的な世界観、自然科学が提供する現実も、彼らには信じられていない節もある」
「近代世界で自明なこととされた自然科学が真理とする世界観への信念を彼らが欠いている」

それが具体的にどのようなものなのか。西尾維新の出世作〈戯言シリーズ〉を参照してみ

たい。

西尾維新と「夢の論理」

西尾維新は二〇〇二年に『クビキリサイクル　青色サヴァンと戯言遣い』でメフィスト賞を受賞しデビューした。〈戯言シリーズ〉とは、『クビキリサイクル』から続く、『クビシメロマンチスト』『クビツリハイスクール』『サイコロジカル』『ヒトクイマジカル』『ネコソギラジカル』の連作のことである。二〇〇四年には『ユリイカ』が特集を組むなど、批評的な注目度が非常に高い作家であった。

西尾の作品の特徴として指摘されている要素はいくつもあるが、ここでは「言葉遊び」や「夢の論理」を用いているということに注目してみたい。通常のミステリであると論理を重視するはずであるが、西尾の場合、「言葉遊び」「夢の論理」が優勢になっていくという特徴が指摘されている。

特に、四作目『サイコロジカル』において、そのタイトルが示すように、「心理的な」「(夢の)論理」を大規模に導入し、全面的に展開するような変化が起きた。

ここで言う「夢の論理」とは、フロイトが発見した意味での「論理」や、「快感原則」に近いものと理解してほしい。

フロイトの考えでは人間の意識は、自分の外側に広がっているものと、内側に広がっているものとの両方に対処しなければならず、外側に対処する際は「現実原則」、内側に対処する際は「快感原則」が働くとしている。「現実原則」は、たとえば「岩が転がってきたら避けないと死ぬ」「働かないと飯が食えなくなる」「好きな人に下手なアプローチをすると嫌われる」などである。それに対し、「快感原則」は、外界の制約とはまったく別の法則に従っており、そのひとつが「夢の論理」である。たとえば、音の類似性などの言葉遊びに面白みを感じるのは、「意味」という「約束事」の論理ではなく、「夢の論理」が作動しているからである。

言葉遊びの論理によってミステリを新境地に開いた清涼院流水の影響下にあり、言葉遊びを地の文や筆名で行う西尾維新は「夢の論理」を重視する作家である。そして、その「夢の論理」を描いた作品がリアリティを持ったのは、第三次産業が優勢を占めて記号操作に重要性が置かれている社会に移行したことと、私たちの生きる環境が情報社会化したことにある。

この「夢の論理」に歯止めを掛けるのは、物理世界と他者である。妄想の中で自分が神だと思っていても、岩が落ちてくれば潰れるし、他人を意のままにすることもできない。逆に言えば、それがなければ歯止めがかからない。最近のミステリにおいて、論理学上の論理が弱くなり妄想的論理が多くなっていると指摘されている背景には、おそらくそのような社会変動があるのだろう。（笠井潔×小森健太朗×渡邉大輔「ロスジェネ世代の「リアル」とミステリーへの違和、新しい共同体への眼差し」『本格ミステリー・ワールド２０１０』などを参照）

『サイコロジカル』以降、主人公は「無為式」を操っているという設定になっている。それは「無意識」と言葉遊びになっており、言葉遊びは「夢の論理」を構成するパーツであった。そのような「夢の論理」で、フィクションの中とはいえ人の生き死にに関わる事件が扱われ、解決していくという事態を描いた作品が広範にヒットしたことが、ゼロ年代前半の特徴であると言えるだろう。

「対応」するミステリ——石持浅海の作品群

新しい時代の感覚を、自覚的にか無自覚的にか作家自身が「体現」するミステリである脱格系・ファウスト系と並行し、「対応」に分類できるミステリも現れた。

二〇〇五年に出版された東野圭吾『容疑者Xの献身』や、石持浅海の一連の作品がこれに該当する。

すでに人間のあり方や論理のあり方が変化してしまっている読者が多いことを前提にし、

しかし書き手自身がそれを体現するというわけではなく、その変化をある程度は対象化し、小説に用いているタイプの作品群である。

具体的な例として、石持浅海の作品について見てみよう。

石持作品の問題点については、〈ロゴス・コードの変容〉を提示した小森健太朗の卓越した見解が存在している。「石持浅海作品の登場人物の行動には、当然想定される可能性をどういうわけか全く顧慮せず、スキップしてしまう不可解さが散見される。（中略）石持作品の作中人物たちにはいわばブラックボックス——はなから眼中に入らない領域があるようだ」（『本格ミステリ・ベスト10〈2007〉』）。

石持作品におけるフィルタリングは以下のように表れる。『Rのつく月には気をつけよう』（二〇〇五）所収作品「夢のかけら、麺のかけら」においては、「くだらなく、陰湿」な心理や人間にフィルタリングがされている。作中で、推理の対象になっている人物の不可解な行動の動機を推測する際、他の登場人物たちは、「くだらなく、陰湿」な可能性を除外して考えることに同意し、実際その思考から作中における「真実」に到達できる。しかしながら、実際に生きている人間の多様性を考慮するならば、ある可能性を除外した上で成り立つ推理が、「真実」に到達する確率はそれほど高くはならないだろう。石持作品には以上のような「排除」の構造が作中の論理にも作品にも作中人物にも表れてしまっている。

例えば最も顕著に「排除」されているのは「悪意」である。論理的に考えれば、犯人や人物に「悪意」がある可能性を除去できないのに、なぜか「なかったこと」にして思考する。『月の扉』(二〇〇三)においては、その要素は薄かった。悪意を嫌い、悪意のない共同体を願う心性は既に描かれていたが、それは非現実的な世界、すなわちユートピアに求められているものに過ぎなかった。

しかし作品を発表するごとに、『セリヌンティウスの舟』(二〇〇五)、『Rのつく月には気をつけよう』(二〇〇五)、『まっすぐ進め』(二〇〇九)と、「この現実世界」の登場人物たちも「悪意がない」ような理想世界であるかのような描き方が目立ってくる。そして、論理の歪みも著しいものになっていく。

不穏なまでに論理が歪んでしまっている具体例が、『まっすぐ進め』収録作品「いるべき場所」である。本作の中で、ショッピングセンターでデート中の主人公の男女は、迷子の女の子と出会う。そして、その女の子が背負っているリュックサックには大金が入っているのだが、そのリュックサックは女の子の身体から外せないように固定されている。その理由をカップルの二人が推理する。何度も見かけるからという理由以外、ほとんど根拠が見当たらない妄想のような推理により、主人公は、その女の子を見ていた赤いTシャツの男を、幼女レイプ犯であり、殺人者であるのだとかなりの確信を持って考える。

石持が、そのような論理を歪ませたり、「こうあってほしい」という理念によって論理的可能性を無意識的に排除する人々を、対象化し、批判的に描いているのかどうかは議論がある。作者が書いている作品のロジックもそれに寄り添って歪んでいるように見えるときなど、「体現」の方向に見えるときもある。だが、蔓葉信博のように、そのような同時代の読者の傾向を前提に、ミステリの仕掛けとして「利用」しているという意見もある。

確かに、理念や理想によって論理的可能性をハナから思考しなくなることは、現実の生活世界では頻繁にあることだ。そして、自分の生活の範囲の中での小さな体験を普遍化して考えてしまうこともよくある。

「いるべき場所」において、二十七歳の主人公はBMWに乗っているが、「僕は十人並みの財布を持つ、二十代の若者だ」と言う。しかし、非正規雇用者も多い二十七歳の平均年収では、中古のBMWとはいえ、維持費や管理費を払い生活するのは困難ではないだろうか。作中の生活レベルから、彼が非正規雇用者やニートや失業者を含めた二十七歳の「十人並み」のようには思えない。石持の（描く登場人物の考える）「十人」からは失業者やニートやフリーターはフィルタリングされている。

思い返してみれば、確かに『Rのつく月には気をつけよう』『まっすぐ進め』において会食をする主要登場人物たちの中に、非正規雇用の人間は存在していない。このような普段接触する人々を基に、それを社会や世界にまで一般化してしまう偏りは、私たちが日常的に頻繁に行ってしまっている論理的な錯誤だ。「認知バイアス」と言ってもいい。

「体現」の要素を持つ「対応」の辺りに、石持の作品群は位置づけられそうだ。これもまた、ポスト・トゥルース的な状況へと移行していく時代におけるミステリの興味深い作例である。

東野圭吾『容疑者Xの献身』

二〇〇五年に『容疑者Xの献身』が刊行され、『本格ミステリ・ベスト10』『このミステリーがすごい！』『2005年「週刊文春」ミステリベスト10』などのランキングで一位に選ばれた。この作品は、「対応」を象徴する作品である。

二階堂黎人を発端とし、笠井潔、巽昌章、小森健太朗、我孫子武丸、野崎六助、有栖川有栖、羽住典子、千街晶之、諸岡卓真らが参加する大論争が発生したことも記憶に新しい。この論争は、「『容疑者X』論争」と呼ばれる。

本書はこの論争を検証することを目的としていないので、詳しく内容に触れるつもりはない。ただ、ポスト・トゥルース的状況の訪れの予感に対する反応が、この作品とそれを巡る議論の中にはあったのだと位置づけることができるかもしれない。そのために必要な部分のみ、引用する。

『容疑者Xの献身』を巡る論争の焦点は、トリックである。本格ミステリとしては難度が低いのに、なぜこんなに評価が高いのか、というのが、論争の基点となっている。その解釈を巡り、同時代論へと発展していった。

具体的にいうならば、ホームレスを殺害し、トリックに利用したことが問題とされた。「本格ミステリ」に慣れた読者ならば難しくないそのトリックを人が見落としたとすればなぜか。それは、ホームレスを思考の中から排除してしまう無意識的な感性に由来しているのではないか、と、笠井潔は批判した。

笠井の解釈はこうだ。


グローバリズムとネオリベラリズム、規制緩和と自己責任、「勝ち組」と「負け組」、小さな政府と格差社会などのキイワードで語られる二一世紀社会では、競争の敗者や弱者は社会から排除され放置される。二一世紀社会を生きる人間は、社会的悲惨や荒廃も見てみぬふりでやりすごさなければならない。見て見ぬふりが無意識化されると、最後には見えないようになる。(中略)過去十年ほどで土台から変容した社会意識を正確に測定し、ホームレスの見えない読者が急増していることを意識して『容疑者Xの献身』を構想したのなら、作者の計算は的中したことになる。補足的には、感動症候群にとりつかれ「泣ける話」を**麻薬のように求め続ける嗜癖的読者**の存在も、作者は周到に計算している。(「勝者と敗者」『探偵小説は「セカイ」と遭遇した』p147　強調引用者)

引用部の前半では、その論理的思考の歪みの原因を、二一世紀の格差社会がそこに生きる人々に要求する世界像に起因させている。だが、後半部分の強調部では、東浩紀のいう「動物」のような嗜癖的読者という主体に原因があるのでは、と推測している。

この二つの理由が重なるものなのか、別個のものなのかは、ここでは踏み込んで考察はできない。肝心なのは、『容疑者Xの献身』が、論理的思考に問題が起きている主体を前提に計算して執筆されたという指摘である。この作品を「対応」の代表作と呼ぶ所以である。「『容疑者X』論争」とは、今になって思えば、ポスト・トゥルースの時代へと移行していく際に、ミステリがどのように対処するべきであるのかを巡る論争という側面もあったと再評価しうるかもしれない。

小森健太朗は、笠井の議論を引継ぎ、この論理の穴が生じる理由を、「環境管理権力」にあるとした（「石持作品と「容疑者X」の交錯」）。

環境管理社会とは、アーキテクチャによって管理される社会のことである。アーキテクチャとは、ローレンス・レッシグの言う、人々の行動を制約する、物理的・テクノロジー的・社会的設計のことである。その例に、ネットにおけるフィルタリングや、ゲーテッドシティ、ホームレスが寝転べないように区切られたベンチ、taspoなどが挙げられる。学校や病院、刑務所などで人々の身体を通して内面に規律を与える規律訓練社会に対し、人々がコントロールされていることに気づかなくさせるという特徴がある。無意識に行動がコントロールされてしまうことが恒常化する環境管理型権力が作動する社会に生きている主体の必然として、ある部分を意識・思考しなくなる内面が出来ている、という考えである。

論理的に考えればすぐに正解にたどり着けるはずの難易度の低いミステリを本格ミステリ愛好家たちが絶賛したことに二階堂黎人や笠井潔が疑問を覚え、危機意識を感じたのも、読者・作者において「論理」の力が弱まってきていること——ポスト・トゥルース時代の主体へと移行していることを直観したからではないだろうか。人間像、論理のあり方、現実感覚、倫理観、それらの変容が「現実」により近い領域にまで迫ってきていることへの鋭敏な知覚と危機意識が、「『容疑者X』論争」の中には見え隠れする。

「対抗」するミステリ

そして二〇一〇年代後半になると、「体現」や「対応」を超えて、明確に批判的な意図を持つ「対抗」を志す作品が目立つようになる。既に論じてきたように、一田和樹、深水黎一郎、城平京、井上真偽、円居挽らの諸作がその典型となる。

それが具体的にどのような内容なのかは、既に論じたので、繰り返さない。

これらのミステリには、「論理的」に一貫した理性的な読解を行う近代的な「人間」が、すでに読者のマーケットの中で成立しなくなっているのかもしれないという不安、あるいは危機の意識が内在していた。その危機にどのように対応するのかも、どのような実践倫理を提示するのかも、作品ごとに違っていた。

「主体」の問題として考えるなら、ここにある思想的な課題は、現在でも私たちは、近代的かつ理性的な思考をする「人間」なのか、そうではなくなってしまっているのか、そうあるべきなのか、そうではない別の可能性を探すべきなのか、という問いに換言できる。

これは、他の様々なジャンルでも問われていることである。たとえばそれは、ポストヒューマンなどと呼ばれる。その問いは純文学やSF、現代思想と共有されているそれと比較した場合、ミステリは、そのジャンルの基本的な条件から来る必然として、論理や理性、さらには加害と被害の問題に重点を置いて人間のありようを考察する傾向を持つという特徴がある。

そこにこそ現代日本のミステリの可能性を見出そうという本書の姿勢は、繰り返し述べてきた通りである。では、「主体」の問題を繰り込みながら、ミステリとして現代に応答しようとする作品の最新の成果はどのようなものだろうか。私たちは、今村昌弘の『屍人荘の殺人』を見ていくことになる。

二　足の速いゾンビと、現代ミステリの危機

『屍人荘の殺人』の抵抗

「このミステリーがすごい！２０１８」「週刊文春ミステリーベスト10」「本格ミステリ・ベスト10」など、二〇一七年のミステリランキングで一位に選ばれた今村昌弘『屍人荘の殺人』は、「主体」「論理」の問題からポスト・トゥルースの状況にアプローチした、興味深い「対抗」型のミステリである。

具体的に、どういうことか。少し遠回りになるが、「ゾンビ」が現代においてどのような象徴的な意義と、思想的な闘争を担わされている虚構の存在なのかを簡単に確認しながら、『屍人荘の殺人』をこの系譜に位置づけるための作業を行いたい。

『屍人荘の殺人』の物足りなさ――ゾンビファンとして

『屍人荘の殺人』が、ミステリ的にどれだけ素晴らしいのかは、各種ランキング誌や多くの書評・評論が語ってくれている筈なので、ここでは繰り返さない。むしろここでは、『新世紀ゾンビ論』（筑摩書房）という本すら刊行してしまったゾンビファンとしての立場から、本作を分析することにしてみようかと思う。きっとその方が有益な作品に対する貢献になるのではないかと思う。

ミステリ界隈での異様に高い評価と、ゾンビファンとしての私の読後の印象は、随分と違った。その差異から見えてくることも多いだろうと思われる。いくつかの点に絞って、印象を記したい。

まずはミステリにゾンビを組み合わせたということについて。そこだけで「斬新！」と思うことはない。なぜなら、ゾンビはすでに無数のジャンルと組み合わさり続けてきているからだ。牧場モノのゲーム、美少女アニメ、西部劇など無数のジャンルに組み合わされているゾンビは、あらゆるジャンルにくっついてゾンビ化させてしまう「拡張子」「ウイルス」のような性質を持つものとして、猛威を奮っている。

だから、ミステリにゾンビが組み合わさったこと自体が、それほどすごいと思えるわけではない。『奥の細道』とゾンビものを組み合わせる森晶麿『奥の細道・オブ・ザ・デッド』

とか、ジェイン・オースティンの『高慢と偏見』にゾンビを組み合わせたセス・グレアム＝スミス『高慢と偏見とゾンビ』とか、公民権運動とゾンビを組み合わせ、ゾンビが人権を求めて社会運動をするS・G・ブラウンの『ぼくのゾンビ・ライフ』とか、妹モノ萌えラブコメとゾンビを組み合わせる伊東ちはやの『妹がゾンビなんですけど！』とか、野菜を植える代わりに人間を埋めてゾンビを収穫する『ゾンビファーム』とか、ほとんどシュール・リアリズムのような組み合わせの作品群が既にあるのだから、衝撃度は弱い。

次に気になったのは、「論理」が保守的であるという点だ。最近の本格ミステリは、「論理」そのものの別種のありようを扱う作品が多いという印象があった。それに対し、本作のトリックや推理に使われる「論理」それ自体は、古典的なものであった。

本書第一章「現代ミステリ＝架空政府文学論」では、論理的でなくてもいい、論理的な思考が必要とも思っていない、冤罪だろうと何だろうと論理的に気にしない、そのような主体が増えてきていることに対応するミステリ群について述べた。多数決で「真実」「事実」が決まってしまう事態を受け入れるもの、「事実」そのものの実在を前提としないもの、論理ではなく「感情」で人が動くことを前提に情報操作・印象操作などを肯定するものなど、様々なラディカルな作例がある。

それらと比較した場合、『屍人荘の殺人』は、ゾンビという奇想を用いた割には、「論理」そのもののあり方や、人間像や犯人の動機などは、特に奇抜ではない。「論理」それ自体の成立基盤を疑ったり、「事実」の実在を怪しんだりはしない。

三点目は、ゾンビの足の遅さだ。新世紀のゾンビは、足が速いのがその特徴となっている。しかし、本作に登場するゾンビは、ジョージ・A・ロメロが一九六八年の『ナイト・オブ・ザ・リビングデッド』や、一九七八年の続編『ゾンビ』で広めたタイプの足の遅いゾンビである。二一世紀に流行しているゾンビはむしろ足が速い、喋る、美少女であるなどの新しい特徴があるが、本書のゾンビ像もまた古典的で保守的であると言っていいだろう。

この三点が、初読の際の物足りなさにつながっていた。しかし、しばらく考えてみるに、このような保守性こそが、本作の重要な特徴であり、そこにこそメッセージが託されているのではないかと考えるようになった。

論理的思考とゾンビ化する文化環境

それを説明するためには、少し遠回りになるのだけれど、現在の文化環境の中でゾンビが担っている象徴的な意味について触れておかなければならない
詳しい話は『新世紀ゾンビ論』に書いたので読んでいただきたいのだけれど、二一世紀のゾンビの新しい特徴として、「足の速さ」がある。

大衆的なエンターテイメントは、大衆的な欲望のあり方を写す鏡である。商業的なエンターテイメントである以上、大衆的な欲望をリサーチし、アピールすることが製作者側に必要になるからである。また、写すだけではなく、構築する側面もある。

二一世紀に入ってゾンビ作品が全世界で爆発的なブームを起こし、質・量ともに変容を起こしているのは、現代に生きる人間にとっての世界像の変化に伴い、恐怖・不安・脅威の感覚が変化したことに対応している。それは同時に、安全・安心として何を求めているのかの欲望の在り処も指し示してしまう。であるから、広範にヒットしたゾンビ作品を知ることが、現在に生きる人々を知ることにつながる。

先んじて結論の一部を言うならば、ゾンビ映画に見られる恐怖と欲望の構造は、人々が現実の世界で抱いている移民などへの恐怖や排外主義的な欲望と結びついている。ゾンビ映画が反映したのか、それともフィクションの想像力を人々が現実にも適用してしまっているのか、その区別は定かではない。

また、ポスト・トゥルースと呼ばれる時代の傾向とゾンビ映画には随伴している側面がある。何が真実なのかわからず、虚構と現実が混濁する世界の中で、フェイクニュースやデマを用いて人々の「情動」を操作する政治が行われているという指摘がなされている。ゾンビ映画も、存在しない脅威の対象を作り出し、虚構と現実を混濁させる性質を利用したジャンルである。

脅威や不安は、そもそも対象が存在するかしないか分からないときに作動する情動であるため、虚構の存在である「ゾンビ」などのリアリティを錯覚させるのに非常に向いている。脅威や不安は、存在するかどうか確定していない対象に対して働くセンサーなので、この感情に訴えかけると現実検討能力が低下する。ホラー映画はそこを利用する。

ホラーは、「作り物じゃん」「嘘っぱちじゃん」と思えば怖くもなんともない。むしろ滑稽になる。だからこそ、「本当にあった」などと銘打ったり、実際に起きた事件であると匂わせる広報をしたり、『ブレア・ウィッチ・プロジェクト』『クローバーフィールド』『ダイアリー・オブ・ザ・デッド』のように、作中人物が現実世界を撮影した手持ちカメラに残された映像であるかのように装うなどして、怖さを迫真的なものにしてきた（擬似ドキュメンタリー、モキュメンタリーなどと呼ばれる）。

このように、ホラー映画が「虚構と現実」を混濁させる技法を洗練させていったことと、現実の人間の、現実の政治的な状況や他者や異民族に対する想像力がホラー・ゾンビ映画のそれと似通っていったことは、無関係だろうか。「虚構と現実」の区別を曖昧化させるポスト・トゥルース政治が全面化したことは、無関係だろうか。そうは思えない。

イスラム、メキシコ人、ユダヤ人、在日朝鮮人などが「入り込み」「侵略し」「内側から乗っ取り」「支配している」という排外主義者が叫ぶ「陰謀論」は、ゾンビ映画の類型とほとんど重なっている。「生き残るために」「壁を作る」という行動も同様だ。アメリカ、ヨーロッパ、日本で、まるでゾンビ映画のような想像力を異民族や異文化に対して用い始め、行動する人が現実に出てきていることを、どう理解していいのだろうか。

兆候的に存在していた恐怖・不安の感覚を反映し先駆的にフィクションが作られたのか。人々が現実の世界を解釈する意識的・無意識な枠組みにホラー映画やゾンビ作品が影響しているのか。あるいは、フィクションと現実の差異を人々が明確に認識できなくなったのか。あるいは、ドナルド・トランプ大統領がリアリティ・ショーのプロデューサーであることが示すように、大衆の物語的な欲望に同調する人間が、虚構と現実を敢えて混濁させるタイプの新しい政治の技法を使い始めたのか。どれが原因とは確定できないが、ゾンビ映画は、現在のポスト・トゥルース政治と呼ばれる状況と双子の関係にあるものとして注視せざるをえないのだ。

ポスト・トゥルースと足の速いゾンビ

マーク・フォースター監督の『ワールド・ウォーZ』(二〇一三)は、ゾンビ映画の新時代を告げる金字塔だ。何より、速い。ゾンビは走る。十二秒でゾンビになる。ゾンビはフロントガラスを頭突きで割れるほど強い。脅威としてのゾンビが圧倒的なのだ。

「ゾンビ」として一般的にイメージされるのは、ジョージ・A・ロメロ監督作品『ゾンビ』のイメージだろう。のろのろしていて、人を襲って、かじって、感染して……。近代ゾンビの父と呼ばれるロメロのゾンビのイメージが感染し、多くの人が模倣し、ゾンビのイメージが定着した。今見ると、『ゾンビ』は牧歌的で、ほのぼのしているようにすら見えるほどだ。

しかし、現在ではゾンビは走る。ザック・スナイダー監督『ドーン・オブ・ザ・デッド』はじめ、速い。そして、強い。ほぼショッピングモール一箇所で話が終わっていた時代とは違い、ゾンビはグローバルに展開している。『ワールド・ウォーZ』では、アメリカ、韓国、エルサレムなどに主人公が飛び回る。全世界が一挙に感染しているのだ。ほとんど逃げ場はない。

圧巻なのは、エルサレムの「ゾンビ梯子」と呼ばれるシーンだ。壁を作って助かったエルサレムであるが、ゾンビが襲い、梯子のように人が積み重なり、壁を越える。それはまるで堤防の決壊のようであり、押し寄せるゾンビはモンスターというよりは津波であり、濁流である。こんなゾンビ映画は観たことがない、圧巻である。

この映画自体の制作費も圧倒的である。報道によると、二億ドルがかかっている。もはや予算の規模から言えばB級などではなく、A級である。主演はブラッド・ピット。製作は、ブラッド・ピット自身の製作会社であるプランBエンターテインメント。メジャーな俳優が、自ら演じるために原作権を買って、多額の予算を投じて作って、大ヒットとなっている。かつてとは異なるこのゾンビの大衆的な受容には、何か理由があるはずである。『ワールド・ウォーZ』を見ると、「ポスト・トゥルース」「情動政治」の根っこの部分にあるものがわかるような気がする。それは人間の変容である。同時代人が、感性・認識・欲望をかつての「人間」とは違うものに変えつつあることが、よく分かる。その変化とは、端的に「速さ」なのである。

速度が人をゾンビにする

『ワールド・ウォーZ』はとにかく速い。矢継ぎ早にゾンビが出てくる。カメラは揺れ動き、3Dで観るとあちこちで色々と細かい動きが起こっており、動体視力の連続にチャレンジするかのようだ。編集も実にすばやい。次々と危機が訪れて休む暇がないクライマックスの連続の一本調子で映画を成立させてしまうという作劇は、マイケル・ベイ監督『トランスフォーマー』、ジョージ・ミラー監督『マッドマックス　怒りのデス・ロード』やクリストファー・ノーラン監督『ダンケルク』と共通する、現代の新しい映画の傾向だ。とにかくエンターテイメントの速度が加速し、刺激の量が圧倒的になっているのである。

このとき、観客の脳もゾンビになる。たとえばハワード・ホークス監督の映画を観ているときのようには人間の感情や情緒も想像しない。タルコフスキー映画やベルイマン映画を観ているときのように、画面の象徴的な意味を読解しようともしない。動的な刺激に振り回されることに忙しく、象徴読解や内面の推測などのかったるいことをしている暇はないし、理性的・意識的な思考などしている余裕もない。「速度」のもたらす刺激によって脳をひたすら悦ばせながら没入し続けている状態は、意識的・理性的な存在である「人間」に対比した場合、無意識的・欲望的な存在である「ゾンビ」に等しい。スクリーンに映る光とスピーカーからの音響を通じて脳内報酬系に行われる刺激に身を委ねている主体は、ほとんどゾンビである。

速度が人をゾンビにする。過剰流動性の時代、スマホやケータイで常にリアルタイムに応答することを迫られている私たちは、「速さ」に訓練されている。マーシャル・マクルーハンは、活字を黙読することこそが、沈思黙考する近代的な理性的主体を生んだと考えたが、スマホ、ケータイ、ゲームなど、素早く刺激が多いメディアに親しんだ世代は、そのような理性的な思考をする主体ではなく、流動的な刺激にひたすら脳内報酬系を悦ばせる依存症的な主体になってしまう。そうではないと抗弁する人は、本を一冊読む間に何回スマホを確認しているのかを数えてほしい。

そのようなメディア体験に慣れた人々にとって、足の遅いゾンビや、ゆったりと切り返しをするヒューマンドラマはあまりに遅い。エンターテイメントは速くなければ受け入れられないのだ。

速さは瞬発的だ。思考は、時間を要する。理性が訪れるのはいつも遅い。情動は現実検討能力が低い。同じように、急かされた状態や速さを要求される状態では現実検討能力が低下する。間違ってでもいいから早く決定しなければ生き残れなかった時代が進化の過程では長かったからだろう。

恐怖、脅威、不安は対象が現実の存在でなくともよい。危機感と切迫感がある状態ならば、決断や選択が間違いでも「仕方ない」と思われやすい。それを正当化するのが「生き残るため」というロジックである。ゾンビ映画では資源不足その他の理由で「生き残る」ために誰かを犠牲にする。現実の世界でも、「サバイブ」や「生き残り」が政治の現場や思想の現場で叫ばれている。これは新自由主義のイデオロギーに他ならない。危機感と切迫感、つまりは速度への嗜癖こそが、表面的な言葉のイデオロギーよりも効果的に機能するイデオロギーなのだ。

とはいえ、謀略やイデオロギーを仕掛けている邪悪な存在が明確にいるというわけではないかもしれない。

私たちの感性や認識が素早い速度に訓練された挙句、理性的な判断ではなく情動による判断をしやすくなり（それが「反知性主義」に見えるときもあるだろう）、現実検討能力が希薄化していくのは、特定の誰かのせいではない。テクノロジーの発展に伴い、私たちを取り囲むメディア環境が変化したことに起因する。非人間的な主体（メディア、資本、テクノロジー）が発展し、そこに私たちは喜んで時間と資源を投下し、ゲームをしたりＳＮＳをして脳を喜ばせている。非人間的なものたちに対し、人間が喜んで加担しこの状況が生まれている。ポスト・トゥルースや情動政治の震源地はここにある。人間の欲望とメディアの野合の中に。

当たり前だが、ゾンビ映画で襲ってくるのは、ＣＧで作られた虚構の存在である。それは、人間を襲い、感染し、時に押し流す。これは、近代的な「人間」でいられなくするように私たちを侵食し速度へと駆り立て教育しようとしてくるメディアやテクノロジーそれ自体のメタファーとしても読める。実際、二一世紀のゾンビは、多く、ゲームやスマホ、ＳＮＳなどの依存症のメタファーとして描かれてきた。押し寄せてきて内側に入り込む脅威として感じられる「他者」とは、異民族や異文化や外国人だけではないのだ。

私たちはこの状況の中で「人間」に戻れるのか。戻ろうとすべきなのか。それとも、起きてしまった変化は逆進することがないので突き進みながらよりよいあり方を探るべきなのか。ゾンビ映画の中では、潜在的に、「私たち」のあり方についての不安と、未来においてどのような存在になるべきかについての思想的な手探りが行われている。だからこそ、面白いのだ。

足の速いゾンビの流行と、本格ミステリの危機

メディア環境がもたらした人間の内面の変化こそ、真偽の判断を人々が行えなくなるポスト・トゥルースや情動政治の原因である。速さを求めるように人々が訓練されていき、時間のかかる「思考」をしなくなる。本を読み、字を書く仕事をしている人間だって、短時間の空き時間にすらスマホを見ている自分を発見するのではないか。理性的な思考が後退していくのは、メディア環境が変容した必然である。

新世紀のゾンビは、このようなメディア環境の中で条件反射的、依存症的に生きている私たち自身のメタファーであると考えられる。そう考える根拠は、元々のロメロのゾンビが消費社会に生きる人々のメタファーであったことにあるし、二一世紀になってそれを継承する何人かの作家がゲームやスマホ依存とゾンビを重ねて描いたことにもある。脳科学的な説明をゾンビ化の説明に使う作品が増えたこともその根拠のひとつだ。

このようなエンターテイメントを求める感性の人々が増えることは、商業的なエンターテイメントである本格ミステリの根幹を危機に陥れる。本格ミステリの快楽の基礎にある「謎と論理的解明」を楽しむ読者が全体として減っていくことが想定されるからだ。

本格ミステリを真に楽しむには、丁寧に文章を読み、論理的に沈思黙考することが必要だ。しかし、そのような思考を行うタメがどんどんなくなってきている。現在のCGがたくさん

使われている画面が忙しいエンターテイメントに慣れている若者に、画面が全然動かない白黒の映画を観せたときに、脳が拒否する反応が出てしまうことが多いのだが、それに近いことが本格ミステリでも起こる。

そんな条件の中で本格ミステリはどのように立ち振る舞えばいいのか。『屍人荘の殺人』は「本格ミステリ」と「ゾンビ」のジャンルのクロスオーバーだけでなく、抗争である。そこには、論理や思考のあり方を巡る抗争もまた重層的に織り込まれている。

先走って結論を言えば、本作は、ミステリを成立させなくなる、論理的・意識的思考をしない人々の増大という風潮を、仮想的に捻じ伏せる作品であり、閉じた世界の中で、擬似的なゾンビ的な時代への勝利を高らかに謳う作品なのだ。

「ゾンビ」を操作可能な道具として扱う

『屍人荘の殺人』の作品の魅力は、あらゆるジャンルに感染し食い物にしてぐちゃぐちゃにしていく「ゾンビ」の増殖力を、本格ミステリというジャンルの中に封じ込めたことにある。言い換えれば、「謎と論理的解明」という、理性的思考を要するジャンルの中に、「ゾンビ」が象徴する猛威を嚙み砕き、咀嚼したことが重要なのだ。ゾンビをあくまで本格ミステリのための「道具」として使いきり処理したことこそが、本作の魅力の重要な質を形成している。

本作でのゾンビの使い方は、第一に、現代においてネットが使えない、警察が来れないという「クローズドサークル」を成立させる材料である。第二に、犯人及び作者が、トリックのためにゾンビを「利用」する。あくまで、本格ミステリ的枠組みの中で、本格ミステリに奉仕する道具にゾンビが貶められている。制御困難なことが多い「ゾンビ」を、操作可能で理性による制御が可能な道具として扱う快が、ここにある。

前節で述べたように、ゾンビは、現代に増大していく、論理性の脱落、人間性の変容などの象徴である。数的にどんどん増していくその脅威に対し、本格ミステリという、「論理」を愛好する集落が、壁を作り、ゾンビの侵略と感染から防衛しきったのが『屍人荘の殺人』であるように見える。

これは、論理的に、冷静に思考することを好み、読者に要請する本格ミステリが、その本来的な存在意義を再確認する儀式ともなっている。だからこそ、本作は、保守的であるし、保守的でいいのだ。論理も、人間像も、動機も、ゾンビ像も、すべてラディカルに突っ走ろうとはしていない。むしろ、旧来からあるものを維持し続けていくことこそが、ポスト・トゥルース的に底が抜けていく世の中に対抗するためにも、本格ミステリというジャンルのためにも重要である、というメタメッセージが発せられているこの幸福な重なりこそが本作の魅力の重要な質を生み出している。

最初から単に保守的なだけでなくて、いったんゾンビ的になりかけてから戻ってきているのも重要だ。外部に半分だけ接触することこそが、内部のアイデンティティをむしろより強固にさせることはよくあることである。本作は、ゾンビものやライトノベルなど、現在の流行に半分だけ阿《おもね》りながらも、なんとか本格ミステリに戻ってくる。読者は本作がいったい何のジャンルなのか、よくわからない。読みながらジャンルが揺らぐ現象が度々起こる。ライトミステリなどに少し揶揄的に言及しながらも、本作自体も美少女がいっぱい出てくるライトミステリ的であるし、人物名などを見ていると、とてもリアリズムの作品と想定するのは難しい。そのような新しい時代の趨勢に目配り（感染）しながらも「本格ミステリ」であり続けている姿は、感染したウイルスを鎮圧し、制圧しきり、意識的にそのウイルスの力を利用する主体を想起させる。

ポスト・トゥルース時代への批評性

本作の魅力のひとつは、一体何のジャンルなのか分からない不安定さを味わわせたあとに、「本格ミステリ」に確定し収束させる快楽にある。それがポスト・トゥルース時代を自覚し反省させるための効果を発揮している点を、最後に指摘しておく。

ゾンビとは、「存在しない脅威」の象徴である。情動政治、ポスト・トゥルースの時代は、人々の情動を操るのが政治的に重要な意味を持つので、「存在しない脅威」を人々の頭の中に作り出すイメージの政治が前景化する。そのようなイメージの政治、情動政治の時代だからこそ、ゾンビが大衆エンターテイメントの領域で流行している。

本作を読んで推理している読者には、「意識あるゾンビがいるのでは」「ヴァンパイアが犯人」などの様々な仮想の想定がなされるだろう。「ゾンビが出た」という設定の時点で、作品のリアリティの水準が不安定になってしまうからだ。そして、想定した様々な可能性が、「ゾンビが出現したこと」以外はリアリズムと言ってもいい水準に戻るのを見て、驚くだろう。

これが、ポスト・トゥルース時代に生き、存在しない脅威やデマに常に振り回されて生きざるをえない自分たちの振る舞いに対して、反省させる効果を持つ。本作の同時代的な意義はそこにあるのではないか。

異常な事態がひとつ起こったからと言って、リアリティの底が「すべて」抜けたわけではない。論理や理性を捨てていいわけではないし、人間が根本から変わったわけではない――本作が、何度かゾンビ禍と(東日本)大震災を重ねて描いたり、語り手が被災者であることは、震災後の状況に対する教訓として本作を読みうることを示す。日本におけるポスト・トウルース時代の全面化は、東日本大震災によって始まった。ＳＮＳを中心としたデマとフェイクニュース、そして不安と恐怖の時代に対して、ミステリが何ができるか、実に熟慮された作品である。

たとえ超自然的な現象に見えることが起こり、生き残りを賭けざるをえない状況でも、焦らず考え続けて、平凡で単純な答えに辿り着けという、穏やかで冷静で節度のあるメタメッセージが発せられている。物足りなさの印象は、その美徳を裏側から言い換えたものである。

これが本作の実践倫理である。

結語——民主主義とネット・ファシズムの狭間で

ポスト・トゥルース時代のミステリについての論述は、一通り終えた。ここでは積み残しの課題について、改めて触れていくことにしたい。本論全体の問いとなっている、「ポスト・トゥルース時代の実践倫理」を探るという課題と、現在の民主主義がどのように変容してしまっているのかを具体的に明らかにする、という課題である。

これをミステリ作品に探る、という問題設定自体に疑問があるかもしれない。しかし、ミステリ作品は、ミステリ作品であることによって、ポスト・トゥルース時代に抗することができる特別なジャンルである。民主主義、論理、公正さを要求する市民によって育まれ、楽しまれてきた特異なエンターテイメントのジャンルである。私は作家たちの鋭敏な感性と直観を信じる。彼らは遥か先の未来まで見通す力を持っている、兆候を把握する能力を持っている、そして、それを作品の形にして提示する能力を持っている。ミステリ作品を成立させ、また、商品として流通させなければいけないという強い意識が、「論理」「真相」などへの敬意が薄れていくポスト・トゥルース社会について、先駆的・先鋭的に思考を発展させ、蓄積させていった。その知見を私は信じる。フィクション・芸術の中には、未来の欠片が降り注いでいるものだ。

では、作家たちは、どのような対抗策（実践倫理）を提示しているのか。細かい一つ一つまでは網羅的に論述はしないが、大まかな方向性とアイデアを、本書全体のまとめも兼ねて再確認することにする。

対抗策三種――保守的、二重化、ラディカル

ポスト・トゥルース時代とは、「論理」「事実」が重視されない時代である。それは、社会を構成する人々の世界観が変わってしまったからであり、「主体」も同様に変化してしまっている。その変化の主因となったのは、インターネットであると思われる。

対抗策として作家たちが提示しているアイデアは三つである。

まずは、**保守的**な方向性がある。「人間」や「書物」や「論理」「民主主義」など、これまで当然であり重要であると信じられてきた価値観を擁護し、守るという方向である。これは真っ当ではあるし、筆者も共感するが、つまらない結論ではある。「民主主義を守れ」と言っていたSEALDsなどと近い立場であろうか。ポスト・トゥルース時代が同時に、民主主

義の危機であり、反知性主義の台頭であり、ネット・ファシズムの時代であるならば、それに対する非常に真っ当な立場からの対抗である。

もうひとつが**二重化**の戦略である。ネット時代において新しく生じた「われわれ」意識を持つ人々との分裂が現代の危機の本質であるとしたら、単なる保守的なアプローチをするのではなく、対抗の方法も二重化しなくてはならない。一田和樹のように、「批判的知識人」と「批判的技術人」の二重の方法を行ったり、深水黎一郎の『最後のトリック』『ミステリー・アリーナ』のように、ネット的感性を小説内に取り込む方法がその典型となる。小説の内容・形式としては、このアプローチが一番興味深いものになる。

ラディカルな方向性もある。ただしこれは、ミステリではあまり作例は見当たらない。「人間」も「論理」も「現実」も「事実」も解体された新しい世界を徹底的に肯定し、先に進める方向性もありえることはありえる。ただし、その世界では犯罪や不正は起きないのか、責任や処罰はどうなるのか、どのような社会やシステムの設計になるべきなのかなどの問題点は残る。これを思索する作品はSFのジャンルに多い。世界や人間が新しくなる予感にはワクワクするが、しかし、ゼロ年代に夢見られてきたものが悪夢的に回帰してきたのがポスト・トゥルース時代であるとすると、いささか無責任かもしれないと、内省させられる。現実に起こった無数の問題を見、ポスト・トゥルース時代のミステリが、まさにその問題に直面し解決方法を悪戦苦闘しながら探しているのを読んでしまった今では。

新しい民主主義の可能性

民主主義は、「個」が理性的に思考し判断することを前提とした制度である。しかし、「個」が、いわゆる「近代的自我」や「近代的人間」として想定されていたものとは異なったものになっているのだとしたら、当然、民主主義は成立しなくなる。

現在起こっている民主主義の危機は、「個」「主体」が様々な要因で違う形になっていることもその理由にある。

多くのミステリ作品は、その両者で揺らぎながら、基本的には前者の価値を堅持する方向を選んでいるように思われる。そのことでポスト・トゥルース時代の問題や、ネットファシズムの暴力性に対抗するという倫理性を持っている。

しかし、論理的に言えば、ファシズムにならないような新しい主体のあり方を肯定的に探求することも可能だ。新しい主体による、新しい民主主義の構想がなされてもいい。東浩紀『一般意思2.0』、鈴木健『なめらかな社会とその敵』などは、近代的な人間や個とは異なる主体の作る新しい民主主義を構想したものであった。

「個」や「主体」がこれまでとは変わってしまったことを前提とする、ポスト・ヒューマンの民主主義をラディカルに構想していくことは重要であるし、個人的に魅力を感じもする。この可能性についての考察は、残念ながら、本書の中で十分に展開することはできなかった。

ミステリジャンル固有の使命

ミステリは、読者を吸引する動機の部分に「被害」「加害」「処罰」の問題がある。犯罪行為の加害者を特定しようとしたり、被害者への同情で動いたり、冤罪に義憤を感じたり、より適切な処罰を与えようとしたり、人を操作する操作的な人格への怒りを表したり。それが面白さの核心に存在しているジャンルであるからこそ、ポスト・トゥルース時代において、「実践倫理」を問う優位なジャンルとなった。「人民裁判」「架空法廷」を主題化する傾向はその現れであるし、SFとのジャンル的な差異として顕著になっているのも、倫理のあり方を問う側面である（SFは等身大を超えて倫理を扱ってしまう部分がある。そこが魅力ではあるが）。かつて筆者は「同時代としての震災後」で現代日本の純文学を論じたが、純文学でも「真実」「事実」が消滅するポスト・トゥルース状況を体現した作品が多い。比較してみて気がつくのは、やはり、繰り返しになるが、ミステリが、「論理」のあり方について思索を巡らせていることと、具体的な被害と加害という局面から思考しようとしていることである。

「人間」が変容する、「個」がなくなる。それは言うのは簡単なことである。しかし、痛みを伴う主体はいるし、苦しむ人間がいる。ポスト・ヒューマン幻想がいくら高まっても、結果としてこの問題は残り続けた。その苦しみを無視しない共感のありようこそが、ポスト・

トゥルース時代のミステリにおける最大の価値ではないか。

　だから、ラディカルには徹底しにくい。つまらない保守的な立場にもなる。しかし、そこを無視しては、システムも社会体制も肯定されはしない。そんな一点、「痛み」と「苦しみ」をキャンセルさせないことこそが、最大の実践倫理ではないか。ファシズムがなぜ悪いのか、「真実」「事実」がなくなりなぜ悪いのか。ポスト・トゥルースがなぜ問題なのか。それは、「痛み」や「苦しみ」を身心に刻み込まれた主体を生み出し、そしてそれを無視し、なかったことにしてしまうからだ。それが最大の罪なのである。

　ミステリは、不当な行為に憤る。不必要な苦しみに共に悲しむ。苦しむ主体の姿を描き出すことを通じて、共感を作り出す。苦しむ人々の姿を顕在化させる。そして加害を意識させ、罪悪感を発生させ、正義や公正さへの感覚を作り出す。「正義」や「公正さ」への志向が逆転して生じた「炎上」「私刑」に悲しみつつ介入する。

　ミステリはよりよい社会を欲望させる。

　それこそが、ミステリというジャンルに内在された、無意識的な使命なのである。

ネット・ファシズムを超えて

次に、民主主義が現状でどのようにあるのかをミステリを通じて把握する試みにも決着をつけよう。

ヘイクラフトの図式を援用するならば、以下のようになる。

探偵小説	**論理・証拠・公正**	**司法・警察**	**民主主義**
現代日本のミステリ	**情動・デマ・面白**	**炎上・私刑**	**ネット・ファシズム**

後者と前者に引き裂かれながら次なる一手を探っているのが現代ミステリの現状である。

民主主義とネット・ファシズムの差を図式化するならば、以下のようになる。

民主主義	**個人**	**書物**	**理性**	**論理**	**司法・警察**
ネット・ファシズム	**匿名**	**ネット**	**情動**	**妄想**	**炎上・私刑**

この二つが分離しながら共存しているのが現代社会である。現実の民主主義や司法制度がネット・ファシズムの論理を受け入れたり、擦り寄る場合もあれば、議会や法などによって

ネットに介入し規制する場合もあるなど、両者の鋭い緊張関係があり、バランスは常に浮動している。あまりにもネット・ファシズム的な論理が現実の政治にまで一般化した場合に起こるかもしれないと危惧されているのは、第二次世界大戦に匹敵する悲劇的な事態であろう。デマに基づく民族差別や虐殺、妄想的に肥大化した自己像に基づく現実検討能力をなくした戦争などが起こりかねない。これに対する危惧は正当だ。ただし、技術の実装それ自体を巻き戻すことは難しい。この新しい危険に対応するには、古くからある価値の啓蒙だけではおそらく足りない。技術の側面で解決を模索する批判的技術人らの活動や、情動それ自体に介入する別種の道を模索する人々の活躍も期待するべきだ。

あるいはラディカルな道もあるのかもしれない。「個」を基本単位とせず、民主主義でもないような新しいシステムを構想すべきなのかもしれない。そのためには、倫理的な課題にも応えなければならない。現代ミステリが訴えかけているのはその点である。必死に頭を絞ったが、ラディカルな民主主義像についての具体的な提案は行えそうにない。次著以降の課題にしなければならないようだ。

現代日本のミステリは、民主主義とネット・ファシズムの狭間で引き裂かれながら、新しい社会のあり方、人間のあり方、倫理のあり方、論理のあり方を模索している。読者の欲望と社会のあり方とが骨絡みになったジャンルであるからこそ、ミステリがそのジャンルそのものによって価値を持つ状況になっている。

新しい時代のファシズムに抗するミステリの戦いは未だ始まったばかりだろう。

ジャンルの本質が時代の課題と結びつくこの様には、強く「運命」という言葉を思い起こす。偶然にしろ押し出されてしまったこの立場を自覚的に引き受ければ、それは「使命」となる。ミステリが今後どのように未来と切り結び、未来を作り出すのか。私は注視している。

あとがき

この本は、私の四冊目の単著となる。

当初の企画では、二〇〇八年から様々な媒体に寄稿してきたミステリ論をまとめるつもりだったが、結果としては半分以上は本書に収録せず、かなりの分量を書き下ろすことになった。かつての自作を書籍にまとめることよりは、「ポスト・トゥルース時代のミステリ」という主題を優先しなければならないと感じたからである。

いくつかの原稿の収録を断念した理由は、私自身の思想的転回も大きく影響している。一言で言うと、ポスト・トゥルースのような「虚構と現実」が混ざる状況に対して批判的な意識を強く持ち始める以前と以後の差が大きかったのだ。

隠すつもりもないが、インターネットには楽観的な希望を持っていたし、ポスト・ヒューマンにロマンチックな期待をかけていたし、虚構と現実の区別が曖昧になる状況にはポジティヴな部分も感じていた。しかし、いつしか、そうは思えないような状況が目に入るようになってきた。失望と失意を経験した今では、以前の原稿をストレートに本書に収録することには抵抗を覚えた。

かつての自分がいかに浮かれた楽天的な夢を見ていたのかのサンプルとして収録することも考え、実際にレイアウトの段階にまで行ったが、読んでみて、本書の伝えたいことの焦点がぼやけてしまうマイナスの方が多いことがわかった。なので、容赦なく削除することにした。

「はじめに」を書き下ろし、第一章と第二章の半分近くを書き下ろした。第四章、第五章の内容は、既に雑誌に発表したものであるが、本書の前半部分を書いている時期に寄稿したものので、問題意識は共通している。元々あった原稿が使われている箇所は、本書の四分の一ぐらいだろうと思う。


本書が、自分の今まで書いてきた本と、思想や態度が変わっていることについては、書きながら自覚していた。

これまで、『虚構内存在　筒井康隆と〈新しい《生》の次元〉』『シン・ゴジラ論』『新世紀ゾンビ論　ゾンビとは、あなたであり、わたしである』と、「虚構と現実」を中心主題とした一連の著作を書いてきた。本書と以前の三作は、「虚構と現実」が混濁しやすくなるという状況認識については共通しているが、本書は今までより否定的な意識が強くなっているという差がある。

実は、本音を言うと、今でも、「虚構と現実」や「自己」が曖昧になるような「ポストモダン文学」の眩暈のするような感覚はとても好きだ。しかし、それはあくまで、安定した基盤があるという前提の上で、あくまでも作品の中で安全にそれを楽しむだけならば、だ。作品としてではなく、実際に生きている生活環境の中で「虚構と現実」が曖昧化してきたとなると、単に鑑賞したり美的に楽しんだり知的かつ理論的な話題としてそれを扱っているのとは違う態度にどうしても変わらざるをえなかった。今でも、半分ぐらい、この「虚構と現実」が曖昧になっている社会の状況を美的に楽しんでいる気持ちは残っている。しかし、それでは問題がある。その趣味を鎮圧し、ポストモダンの次の段階へと進まなければいけないという強い倫理的な決意の元に本書は書かれた。その決意のせいで、自分自身の趣味を裏切る部分も出てしまったし、一面的になりすぎた部分もある。

「結語」で書いたことを裏切るようだが、私自身は、「虚構と現実」が峻別できるような時代が来るとも、「事実」がはっきりと伝達されるようになるとも、本当のところは思っていない。原理として、それはありえないと思っている。

しかし、原理としては不可能だとしても、生きている人間にとっては、そう簡単に諦めるわけにはいかない。だから、問題は「倫理」の次元に移行する。本書で扱った作品たちは、そのような問題系に真剣にぶつかっていっているものだった。

たとえ、箇条書きにできるような「実践倫理」の有様をそれらの作品が提示できていなくても、その格闘それ自体や、倫理的衝迫や葛藤のサマは美しいものであった。

この本は、折々の機会にミステリについて耽読し、考察する機会を与えてくださった編集者の皆さんの力によって生まれたもののように思う。よく貴重な紙面を使わせてくれて、原稿料まで払っていてくれたものだなと、自身の原稿を読み直して、赤面しながら感謝の念を強くした。

原稿を掲載し、採録を許してくれた光文社『ジャーロ』、南雲堂『本格ミステリー・ワールド』、青土社『ユリイカ』『現代思想』で担当してくださった皆様にも感謝申し上げたい（収録を断念した『ひぐらしのなく頃に』論を掲載してくださった講談社の『パンドラ』編集部にも）。

内容については、笠井潔さん、小森健太朗さん、一田和樹さん、蔓葉信博さん、限界研のメンバーとの対話や討論に大きな影響を受けた。重ね重ね感謝申し上げる。

特に、本書の担当編集であり、『本格ミステリー・ワールド』に執筆の機会を与えてくださった南雲堂の星野英樹さんには深くお礼申し上げる。星野さんの寛容な編集者としての姿勢によってどれだけ多くの書き手が育てられてきたか。書き手の一人として、率直に尊敬の念に耐えない。

藤田直哉

主要参考文献

津田大介×日比嘉高『「ポスト真実」の時代 「信じたいウソ」が「事実」に勝る世界をどう生き抜くか』二〇一七年七月、祥伝社
池田純一『〈ポスト・トゥルース〉アメリカの誕生 ウェブにハックされた大統領選』二〇一七年二月、青土社
塚越健司『ハクティビズムとは何か ハッカーと社会運動』二〇一二年八月、ソフトバンククリエイティブ
井上真偽『その可能性はすでに考えた』二〇一五年九月、講談社
ハワード・ヘイクラフト『娯楽としての殺人』林峻一郎訳、一九九二年三月、国書刊行会
笠井潔『探偵小説論Ⅱ 虚空の螺旋』一九九八年一二月、東京創元社
笠井潔『探偵小説は「セカイ」と遭遇した』二〇〇八年一二月、南雲堂
法月綸太郎『複雑な殺人芸術』二〇〇七年一月、講談社
井上真偽『聖女の毒杯 その可能性はすでに考えた』二〇一六年七月、講談社
遊井かなめ「量産機のコンペティション 多重解決を保証する競技性について」『本格ミステリー・ワールド２０１６』二〇一五年一二月、南雲堂
小森健太朗「可視化された多重解決ものミステリの構造」『本格ミステリー・ワールド２

016』二〇一五年一二月、南雲堂
法月綸太郎「解説」、円居挽『烏丸ルヴォワール』二〇一三年一〇月、講談社
諸岡卓真「創造する推理」諸岡卓真、押野武志編著『日本探偵小説を読む』所収、二〇一三年四月、北海道大学出版会
諸岡卓真『現代本格ミステリの研究　「後期クイーン的問題」をめぐって』二〇一〇年四月、北海道大学出版会
野崎六助『ミステリで読む現代日本』二〇一一年一一月、青弓社
野崎六助『北米探偵小説論』二〇〇六年六月、双葉社
江戸川乱歩『江戸川乱歩全集第28巻　探偵小説四十年　上』二〇〇六年一月、光文社
江戸川乱歩『江戸川乱歩全集第29巻　探偵小説四十年　下』二〇〇六年二月、光文社
田中辰雄、山口真一『ネット炎上の研究』二〇一六年四月、勁草書房
スマイリーキクチ『突然、僕は殺人犯にされた ネット中傷被害を受けた10年間』二〇一一年三月、竹書房
荻上チキ『ウェブ炎上　ネット群集の暴走と可能性』二〇〇七年五月、筑摩書房
荻上チキ『ネットいじめ　ウェブ社会と終わりなき「キャラ戦争」』二〇〇八年七月、PHP研究所
野間易通『「在日特権」の虚構　増補版』二〇一五年二月、河出書房新社

岩波明『他人を非難してばかりいる人たち　バッシング・いじめ・ネット私刑』二〇一五年九月、幻冬舎
安田浩一『ネット私刑』二〇一五年七月、扶桑社
安田浩一『ネットと愛国　在特会の「闇」を追いかけて』二〇一二年四月、講談社
ジョン・ロンソン『ルポ　ネットリンチで人生を壊された人たち』夏目大訳、二〇一七年二月、光文社
イーライ・パリサー『閉じこもるインターネット　グーグル・パーソナライズ・民主主義』井口耕二訳、二〇一二年二月、早川書房
キャス・サンスティーン『インターネットは民主主義の敵か』石川幸憲訳、二〇〇三年一一月、毎日新聞社
遠藤薫『間メディア社会における〈世論〉と〈選挙〉　日米政権交代に見るメディア・ポリティクス』二〇一一年五月、東京電機大学出版局
遠藤薫編著『インターネットと〈世論〉形成　間メディア的言説の連鎖と抗争』二〇〇四年一一月、東京電機大学出版局
正村俊之編著『情報化と文化変容』二〇一三年三月、ミネルヴァ書房
芝村裕吏『この空のまもり』二〇一二年一〇月、早川書房
裁判所ウェブサイト「裁判員制度が導入されることで、どのようなことが期待されている

のですか。」http://www.saibanin.courts.go.jp/qa/c1_2.html　二〇一七年、一一月一二日取得
S・S・ヴァン・ダイン『僧正殺人事件』日暮雅通訳、二〇一〇年四月、東京創元社
内田隆三『探偵小説の社会学』二〇〇一年一月、岩波書店
ステファーノ・ターニ『やぶれさる探偵』高山宏訳、一九九〇年七月、東京図書
米澤穂信『インシテミル』二〇一〇年六月、文藝春秋
綾辻行人『十角館の殺人』二〇〇七年一〇月、講談社
円居挽『逆転裁判　時間旅行者の逆転』二〇一七年七月、早川書房
円居挽『丸太町ルヴォワール』二〇一二年九月、講談社
円居挽『烏丸ルヴォワール』二〇一三年一〇月、講談社
円居挽『今出川ルヴォワール』二〇一四年八月、講談社
円居挽『河原町ルヴォワール』二〇一五年九月、講談社
城平京『虚構推理　鋼人七瀬』二〇一一年一二月、講談社
城平京『雨の日も神様と相撲を』二〇一六年一月、講談社
井口時男『悪文の初志』一九九三年一一月、講談社
山田正紀『神曲法廷』一九九八年一月、講談社
芦辺拓『裁判員法廷』二〇〇八年九月、文藝春秋

芦辺拓『十三番目の陪審員』二〇〇一年、角川書店
ベネディクト・アンダーソン『定本 想像の共同体　ナショナリズムの起源と流行』白石隆、白石さや訳、二〇〇七年七月、書籍工房早山
小口日出彦『情報参謀』二〇一六年七月、講談社
西田亮介『メディアと自民党』二〇一五年一〇月、角川書店
一田和樹、遊井かなめ、七瀬晶、藤田直哉、千澤のり子『サイバーミステリ宣言！』二〇一五年七月、角川書店
一田和樹『檻の中の少女』二〇一一年四月、原書房
一田和樹『サイバーテロ　漂流少女』二〇一二年二月、原書房
一田和樹『サイバークライム　悪意のファネル』二〇一三年二月、原書房
一田和樹『絶望トレジャー』二〇一四年一一月、原書房
一田和樹「サイバー空間はミステリを殺す」『ベスト本格ミステリ2016』所収、二〇一六年六月、講談社
一田和樹『原発サイバートラップ』二〇一六年八月、原書房
一田和樹『サイバー戦争の犬たち』二〇一六年一一月、祥伝社
一田和樹『公開法廷　一億人の陪審員』二〇一七年一〇月、原書房
一田和樹『サイバーセキュリティ読本【完全版】ネットで破滅しないためのサバイバルガ

イド』二〇一七年五月、星海社
一田和樹、江添佳代子『犯罪「事前」捜査　知られざる米国警察当局の技術』二〇一七年八月、角川書店
渡邉大輔「情報化するミステリと映像　『SHARLOCK』に見るメディア表象の現在」『ユリイカ2014年8月臨時増刊号　総特集＝シャーロック・ホームズ』所収、二〇一四年八月、青土社
小森健太朗「『攻殻機動隊』とエラリイ・クイーン　あやつりテーマの交錯」『ユリイカ特集 攻殻機動隊 STAND ALONE COMPLEX』所収、二〇〇五年一〇月、青土社
岡本勝之「「フェイクニュース」を見破るためには?」http://blog.trendmicro.co.jp/archives/15789　『トレンドマイクロ・セキュリティブログ』二〇一七年一一月二六日取得
岡本勝之「安価に可能な世論操作、「フェイクニュース」の価格相場は?」http://blog.trendmicro.co.jp/archives/15778　『トレンドマイクロ・セキュリティブログ』二〇一七年一一月二六日取得
ヴァルター・ベンヤミン「ボードレールにおける第二帝政期のパリ」『ボードレール　他五篇』野村修訳、一九九四年三月、岩波書店
平野啓一郎『私とは何か　「個人」から「分人」へ』二〇一二年九月、講談社

橋川文三『日本浪曼派批判序説』一九九八年六月、講談社
丸山真男『超国家主義の論理と心理　他八篇』二〇一五年二月、岩波書店
保田與重郎『保田與重郎文芸論集』一九九九年一月、講談社
山田広昭『三点確保　ロマン主義とナショナリズム』二〇〇一年一二月、新曜社
ヴァルター・ベンヤミン『ドイツ・ロマン主義における芸術批評の概念』浅井健二郎訳、二〇〇一年一〇月、筑摩書房
ホルクハイマー、アドルノ『啓蒙の弁証法　哲学的断想』徳永恂訳、二〇〇七年一月、岩波書店
フロイト『フロイト著作集3　文化・芸術論』高橋義孝訳、一九六九年一月、人文書院
島田荘司『本格ミステリー宣言』一九八九年一二月、講談社
島田荘司『本格ミステリー宣言II　ハイブリッド・ヴィーナス論』一九九五年六月、講談社
島田荘司『21世紀本格宣言』二〇〇三年六月、講談社
島田荘司、笠井潔『日本型悪平等起源論　「もの言わぬ民」の深層を推理する』一九九九年一二月、光文社
内田隆三『ロジャー・アクロイドはなぜ殺される？　言語と運命の社会学』二〇一三年七月、岩波書店

佐々木敦『あなたは今この文章を読んでいる　パラフィクションの誕生』二〇一四年九月、慶應義塾大学出版会
佐々木敦×渡部直己「脱構築vs複雑系――今日のフィクションを読む」『新潮』二〇一五年一月、新潮社
渡部直己『小説技術論』二〇一五年六月、河出書房新社
ウォルフガング・イーザー『行為としての読書　美的作用の理論』轡田収訳、一九九八年五月、岩波書店
ポー『モルグ街の殺人』佐々木直次郎訳、一九五一年八月、新潮社
深水黎一郎『最後のトリック』二〇一四年一〇月、河出書房新社
深水黎一郎『言霊たちの反乱』二〇一五年八月、講談社
筒井康隆『朝のガスパール』一九九二年八月、朝日新聞
筒井康隆『電脳筒井線　朝のガスパール・セッション』一九九二年一二月、朝日新聞社
筒井康隆『電脳筒井線　朝のガスパール・セッション〈part2〉』一九九二年五月、朝日新聞社
筒井康隆『電脳筒井線　朝のガスパール・セッション〈完結篇〉』一九九二年八月、朝日新聞社
中井英夫『中井英夫全集1虚無への供物』一九九六年一二月、東京創元社

深水黎一郎『ミステリー・アリーナ』二〇一五年六月、原書房
三上延『ビブリア古書堂の事件手帖　栞子さんと奇妙な客人たち』二〇一一年三月、角川書店
三上延『ビブリア古書堂の事件手帖2　栞子さんと謎めく日常』二〇一一年一〇月、角川書店
三上延『ビブリア古書堂の事件手帖3　栞子さんと消えない絆』二〇一二年六月、角川書店
三上延『ビブリア古書堂の事件手帖4　栞子さんと二つの顔』二〇一三年二月、角川書店
三上延『ビブリア古書堂の事件手帖5　栞子さんと繋がりの時』二〇一四年一月、角川書店
三上延『ビブリア古書堂の事件手帖6　栞子さんと巡るさだめ』二〇一四年一二月、角川書店
三上延『ビブリア古書堂の事件手帖7　栞子さんと果てない舞台』二〇一七年二月、角川書店
マーシャル・マクルーハン『グーテンベルクの銀河系　活字人間の形成』森常治訳、一九八六年二月、みすず書房
法月綸太郎『挑戦者たち』二〇一六年八月、新潮社

法月綸太郎『ノックス・マシン』二〇一三年三月、角川書店
スティーヴン・キング『ミスター・メルセデス』上下、白石朗訳、二〇一六年八月、文藝春秋
スティーヴン・キング『ファインダーズ・キーパーズ』上下、白石朗訳、二〇一七年九月、文藝春秋
スティーヴン・キング『アンダー・ザ・ドーム』上下、白石朗訳、二〇一一年四月、文藝春秋
スティーヴン・キング『ガンスリンガー』池央耿訳、一九九二年四月、角川書店
スティーヴン・キング『ダーク・タワー Ⅳ － 1/2 鍵穴を吹き抜ける風』風間賢二訳、二〇一七年六月、角川書店
スティーヴン・キング『11／22／63』上下、白石朗訳、二〇一三年九月、文藝春秋
スティーヴン・キング『暗黒の塔』上中下、風間賢二訳、二〇〇六年一〇、一一、一二月、新潮社
スティーヴン・キング『デッド・ゾーン』吉野美恵子訳、一九八七年五月、新潮社
伊藤守『情動の社会学　ポストメディア時代における〝ミクロ知覚〟の探求』二〇一七年一〇月、青土社
小森健太朗『探偵小説の論理学』二〇〇七年九月、南雲堂

小森健太朗『探偵小説の様相論理学』二〇一二年五月、南雲堂
円堂都司昭『「謎」の解像度　ウェブ時代の本格ミステリ』二〇〇八年四月、光文社
探偵小説研究会『本格ミステリ・クロニクル300』二〇〇二年九月、原書房
探偵小説研究会『本格ミステリ・ディケイド300』二〇一二年六月、原書房
廣瀬純「自由と創造のためのレッスン」『週刊金曜日』二〇一七年九月二二日号、金曜日
立木康介『露出せよ、と現代文明は言う「心の闇」の喪失と精神分析』二〇一三年一一月、
河出書房新社
東浩紀『動物化するポストモダン』二〇〇一年一一月、講談社
大塚英志『物語消費論改』二〇一二年一二月、アスキー・メディアワークス
大塚英志『感情化する社会』二〇一六年九月、太田出版
西尾維新『クビキリサイクル　青色サヴァンと戯言遣い』二〇〇八年四月、講談社
西尾維新『クビシメロマンチスト　人間失格・零崎人識』二〇〇八年六月、講談社
西尾維新『クビツリハイスクール　戯言遣いの弟子』二〇〇八年八月、講談社
西尾維新『サイコロジカル　上　兎吊木垓輔の戯言殺し』二〇〇八年一〇月、講談社
西尾維新『サイコロジカル　下　曳かれ者の小唄』二〇〇八年一〇月、講談社
西尾維新『ヒトクイマジカル　殺戮奇術の匂宮兄妹』二〇〇八年一二月、講談社
西尾維新『ネコソギラジカル　上　十三階段』二〇〇九年二月、講談社

西尾維新『ネコソギラジカル　中　赤き征裁vs.橙なる種』二〇〇九年四月、講談社
西尾維新『ネコソギラジカル　下　青色サヴァンと戯言遣い』二〇〇九年六月、講談社
西尾維新『難民探偵』二〇〇九年一二月、講談社
『ユリイカ2004年9月臨時増刊号　総特集＝西尾維新』二〇〇四年九月、青土社
フロイト『夢判断』上下、高橋義孝訳、一九六九年一一月、新潮社
限界小説研究会編『探偵小説のクリティカル・ターン』二〇〇八年一月、南雲堂
限界研編『21世紀探偵小説 ポスト新本格と論理の崩壊』二〇一二年七月、南雲堂
笠井潔、小森健太朗、渡邉大輔「ロスジェネ世代の「リアル」とミステリーへの違和、新しい共同体への眼差し」『本格ミステリー・ワールド2010』所収、二〇〇九年一二月、南雲堂
巽昌章『論理の蜘蛛の巣の中で』二〇〇六年、講談社
郷原宏『日本推理小説論争史』二〇一三年一〇月、双葉社
飯城勇三『エラリー・クイーン論』二〇一〇年九月、論創社
堀啓子『日本ミステリー小説史 黒岩涙香から松本清張へ』二〇一四年九月、中央公論社
探偵小説研究会『本格ミステリ・ベスト10〈2007〉』二〇〇六年一二月、原書房
石持浅海『Rのつく月には気をつけよう』二〇一〇年九月、祥伝社
石持浅海『月の扉』二〇〇六年四月、光文社

石持浅海『扉は閉ざされたまま』二〇〇五年五月、祥伝社
石持浅海『水の迷宮』二〇〇七年五月、光文社
石持浅海『セリヌンティウスの舟』二〇〇五年一〇月、光文社
石持浅海『まっすぐ進め』二〇〇九年五月、講談社
東野圭吾『容疑者Xの献身』二〇〇八年八月、文藝春秋（文庫）
小森健太朗「石持作品と「容疑者X」の交錯」『ミステリマガジン』二〇〇六年七月号、早川書房
今村昌弘『屍人荘の殺人』二〇一七年一〇月、東京創元社
藤田直哉『新世紀ゾンビ論　ゾンビとは、あなたであり、わたしである』二〇一七年三月、筑摩書房
岡本健『ゾンビ学』二〇一七年四月、人文書院
伊東美和、山崎圭司、中原昌也『ゾンビ論』二〇一七年一月、洋泉社
宇野重樹『〈私〉時代のデモクラシー』二〇一〇年四月、岩波書店
宇野重樹『民主主義のつくり方』二〇一三年一〇月、筑摩書房
エルネスト・ラクラウ、シャンタル・ムフ『民主主義の革命　ヘゲモニーとポスト・マルクス主義』西永亮、千葉眞訳、二〇一二年一一月、筑摩書房
ジャック・ランシエール『民主主義への憎悪』松葉祥一訳、二〇〇八年七月、インスクリ

プト
東浩紀『一般意志2.0 ルソー、フロイト、グーグル』二〇一一年一一月、講談社
鈴木健『なめらかな社会とその敵』二〇一三年一月、勁草書房

初出一覧

第一章

「現代ミステリ＝架空政府文学論」『ジャーロ』二〇一三年一一月、光文社

第二章

「謎のリアリティ　ミステリと匿名性《アノニマス》」『ジャーロ』二〇一五年六月、光文社

第三章

「謎のリアリティ　ミステリと読者」『ジャーロ』二〇一五年三月、光文社
「二〇〇七年と二〇一四年のあいだ――『最後のトリック』論」『本格ミステリー・ワールド２０１６』二〇一五年一二月、南雲堂
「流通のメタフィクション――『ビブリア古書堂の事件手帖』論」『本格ミステリー・ワールド２０１５』二〇一四年一二月、南雲堂
「後期クイーン的問題の、〈笑い〉による解決――法月綸太郎『挑戦者たち』」『本格ミステリー・ワールド２０１７』二〇一六年一二月、南雲堂

第四章

「新世紀キング論　ワードスリンガーの贖罪」『ユリイカ　特集　スティーヴン・キング　ホラーの帝王』二〇一七年一一月、青土社

第五章

「謎のリアリティ　ミステリと貧困」『ジャーロ』二〇一〇年六月、光文社
「格差社会ミステリーの二つの潮流」『本格ミステリー・ワールド２０１０』二〇〇九年一二月、南雲堂
「ワールド・ウォーZ――ポスト・トゥルースはゾンビが担う」『現代思想２０１8年3月臨時増刊号　総特集＝現代を生きるための映像ガイド51』二〇一八年二月、青土社
「謎のリアリティ　ミステリとゾンビ」『ジャーロ』二〇一八年三月、光文社

娯楽としての炎上

ポスト・トゥルース時代のミステリ

2018年9月19日　第1刷発行

［著　　者］藤田直哉

［発 行 者］南雲一範

［装 丁 者］奥定泰之

［発 行 所］株式会社南雲堂

東京都新宿区山吹町361
郵便番号162-0801
電話番号　(03)3268-2384
ファクシミリ　(03)3260-5425
URL　http://wwwnanun-do.co.jp
E-Mail　nanundo@post.email.ne.jp

［印 刷 所］図書印刷株式会社

［製 本 所］図書印刷株式会社

検印廃止〈1-578〉

ISBN 978-4-523-26578-8　C0095

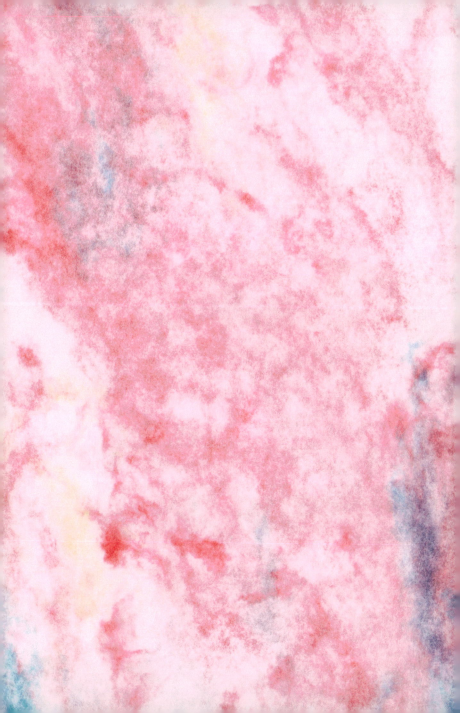